TIGER × DRAGON 8!

竹宮ゆゆこ
插畫◎ヤス

TIGER×DRAGON 8!

竹宮ゆゆこ

插畫◎ヤス

各位同學！馬上就是校外教學了——！

很期待吧！

有什麼想去的地方嗎？

歡迎來
地獄沖
高須竜兒
「地獄……就是魔界……
……唉，我們要去的是沖繩。
沖繩啊……唉……」
感覺很無精打采啊。寒假發生了什麼事嗎？
「……因為流行性感冒而住院……」

逢坂大河
「我們校外教學要去沖繩……很好啊……？
……好期待……是啊……非常期待……」
唉呀，這邊也沒什麼精神，你們到底發生了什麼事？
「……這個嘛……發生了什麼事呢……哈哈……」

北村祐作
「怎麼沉著一張臉！
校外教學也是教學的一環！
地點是沖繩！飯店在那霸！
而且這是我第一次搭飛機！
內心越來越期待，已經瀕臨危險警戒區！
讓我的領導力名揚南海吧！」
喔！不愧是學生會長兼班長的北村同學！
……可是除了沖繩之外，沒有其他想去的地方嗎？
Q
「為什麼這麼問？
沖繩絕對是最佳選擇！沒有什麼好猶豫的！
吹吧，琉球之風！」

櫛枝実乃梨
「首先冥想，鳳梨！
……爽脆可口～～！好吃！鳳梨好好吃～～！又甜～～又多汁～～！
再來冥想，沖繩拉麵！
……呼嚕呼嚕～～！好吃！拉麵好好吃～～！超多的滷肉～～！
繼續冥想，BLUE SEAL ICE CREAM！
……舔舔舔舔～～！冰淇淋好好吃！」
嚇死人了！美食妄想到此為止！
……妳就那麼期待去沖繩嗎？
現在可是隆冬，不是去沖繩的好季節喔……？
「哼，可笑！在我有如鋼鐵的肌肉保護之下，
不論是隆冬或盛夏都沒有問題！」

川嶋亞美
「來個紐約或巴黎購物團如何——？
或是環歐之旅也不錯喔。
人家想去維也納、瑞士、義大利走走。
啊、不過如果那邊的經紀公司來挖角怎麼辦～～！
討厭～～！亞美美只會說日文——♥」
……呃……那個……我們只是普通的公立高中。
「我知道。既然問了，我就說一下囉。
唉，沖繩也不錯吧？
雖然不可能下海，
至少有游泳池吧～～？」

春田浩次
「沖繩！當然是沖繩啊！
藍色天空下的比基尼打扮亞美～～！」
「嘿！南國的耀眼陽光，我也要穿比基尼～～！」
……那個……如、如果不是沖繩……怎麼辦？
「為什麼？除了沖繩還有別的選擇嗎！
打從入學以來，我就一直期待高二冬天的校外教學，
地點當然就是沖繩！」
「事到如今怎麼會有
其他選擇呢？嘻嘻嘻！」
能登久光

「怎、怎麼辦……
看來大家都想去沖繩……
這下糟糕了……」
單身（30）怎麼了？為何一副膽顫心驚的模樣？
究竟校外教學要去哪裡？

1

二十三時十二分。

只剩四十八分鐘，今天就要結束了。

高須竜兒呼出白色霧氣，看向敞開窗外的夜空。今晚的星月光芒，全在墨色雲朵的另一頭，完全不見蹤影，更加深悶悶不樂的心情。他不禁心想，乾脆讓夜晚永無止盡持續下去。

今晚特別寒冷。溫度在冰點以下的寒風刺痛皮膚，寒意也滲入心裡。只穿連帽T恤和運動短褲的身體微微發抖，牙齒從剛才開始就抖個不停，乾澀的嘴唇也彷彿僵硬凍結。手腳指尖沒有感覺，心也……不，心在更早之前就已結凍。

從耶誕夜的那天晚上以來。

從那天晚上以來，竜兒就不斷在絕對零度的黑暗裡徘徊。

「……如果……早晨不要來該有多好……」

待在沒開燈的房裡，坐在窗台上的竜兒靠著窗戶嘆口氣，撥開留長的瀏海，伸手抱住彎起的單邊膝蓋。戴起上衣的帽子遮擋凍痛耳朵的寒風，輕輕瞇起眼睛，近乎無意識地屏住呼吸，同時咬緊打冷顫的牙齒。

新的一年已經過了一個星期。

天一亮就是新學期的開始，這也意味著必須和「她」見面。想起這件事、想像那個場面，竜兒的心臟就像出了問題一般開始絞痛。怎麼吸氣也無法滿足肺部的需求，呼吸困難到讓人煩躁。每個早晨、白天、晚上、夢裡，「她」的身影和聲音總會毫無預警地出現在腦中，春、夏、秋季的回憶與那天夜裡發生的事交雜在一起，既清晰又殘酷。

「……該用什麼表情面對她……」

竜兒低聲唸唸有詞，空虛的眼神望著天空。就連回憶都無法正視的竜兒，究竟該如何面對真實的她。

抱著頭的竜兒用門牙咬下裂開的嘴唇脫皮，舌頭感受到一抹淡淡的血腥味。陷入沉思的他眼神渙散，下眼皮有著彷彿為了搞笑畫上去的黑眼圈。竜兒這幾天完全睡不著，才會出現這張似乎會遭到逮捕的臉。不難想像哪天警察聽信街坊鄰居的耳語，突然穿著鞋子衝進家裡，把竜兒的雙手銬在身後，並且怒吼：「廚房很可疑！」「啊！找到白色粉末！」……不，那只是太白粉！

「……哈哈哈……哈哈……哈……」

蠢斃了。

竜兒一邊發出乾笑，心裡半認真地想著：如果因為誤會遭到逮捕，就不用去學校了。

「啊……」

正當他的指尖無意識地清理窗戶溝槽裡的灰塵時，原本一片黑的對面大樓窗戶，突然亮起耀眼燈光，竜兒清楚看到一道嬌小人影走過沒拉上窗簾的房間。

那個小不點就是最近幾乎沒有聯絡的鄰居——逢坂大河。

蓬鬆長髮與雪白側臉絕對不會看錯，大河的嬌小身軀包裹在水色睡衣裡，外頭套著白色毛衣，走過大小與高須家差不多的寢室。也許是注意到竜兒的視線，突然轉過頭來個眼神的相會。

「喔……大河。」

竜兒稍微起身舉起一隻手。下一秒——

「……唔！這是怎樣……！」

哇啊——真是倒楣，遇上麻煩的傢伙了。

——大河的表情顯得十分露骨。接著一目了然擺出「好，無視無視，當作沒看到。」的態度。兩人的視線分明已經對上，她居然轉頭搖晃長髮背對竜兒，躲進竜兒看不見的房間死角，然後粗魯地拉上窗簾。

我到底做了什麼？這就是好人的悲哀，竜兒不禁將手擺在胸口回憶過往，卻找不到半點線索。想不到任何理由會讓大河如此漠視自己。

「為什麼……為什麼突然無視我的存在……」

竜兒忍不住撥開帽子大叫：

「大河！我全都看見了！為什麼無視我！」

連自認有常識的竜兒，都難得做出打擾鄰居安寧的舉動，可見大河有多過分。她知道一切，卻對面臨精神危機的我如此冷淡。

還有——對了，不只這件事，大河這幾天的態度也讓我不解。

「喂！把窗戶打開！我有件事一直想告訴妳！」

大河一定聽到了，但是沒有任何回應。

「大河！可惡，完全無視我嗎……別以為我會讓妳為所欲為！看好了！」

竜兒全身的毛孔射出詛咒光束，烏黑的感情一同湧出。瞪視對面的窗戶，累積已久的負面情緒喚醒竜兒邪惡的一面，陰鬱的臉上帶著惡魔屬性。

「我要把這個星球連同整個銀河系一起摧毀！」——竜兒頂著這副表情，特地跑去玄關拿了長柄刷，單腳踩在窗邊，手抓住窗框探出身體，另一隻手拿著刷子：

「大河！大河！喂！出來！妳聽得見吧！大河！」

叩叩叩叩叩叩叩叩叩叩叩叩叩！叩！木製長柄刷正以可能敲碎玻璃的力道，不斷敲打大河寢室的窗戶。

這招原本是禁忌的招式。除了會打破玻璃，過去還曾經發生過刷子狠狠敲中大河臉部的意外。可是今晚必須用上這個最終手段。

比任何鬧鐘都要驚人的聲音與震動，響徹寧靜的夜晚。

「……喂！」

這下子就連大河也受不了，猛力打開窗簾，相隔許久的兩人終於再次見面。「咿……！」竜兒卻因為大河的恐怖表情不由自主往後仰。眼前的大河看起來有如妖魔鬼怪，糟蹋了洋娃娃般的端正美貌。

「看來你——」

打開窗戶的大河非常不爽，低聲唸唸有詞的同時抓住長柄刷，順勢用力拉過去。

「很有——」

「唔、喔、喔喔、喔！」

失去平衡的竜兒順勢往前摔，即將頭下腳上落向距離數公尺的地面——

「——精神嘛！」

竜兒頓時眼冒金星。「喔哼！」等到發現這是自己的慘叫聲時，已經整個人躺在床上。

雖然沒有從窗子摔下去是不幸中的大幸，可是剛才往前倒時，長柄刷突然狠狠擊中臉部，強烈的衝擊讓他頭昏眼花。

「哼！豬頭！」

「啪噠！」關上窗戶！「唰！」拉上窗簾！這兩個聲音聽起來格外刺耳。

竜兒一個人留在寂靜裡。

「……嗚……」

過分，太過分了。

「……嗚、嗚嗚……」

被刷子擦到的眼睛因為疼痛而流淚，濃稠的鼻水也流到嘴邊。

「嗚……嘻嘻……」

竜兒按住遭到痛擊的臉，已經分不出自己是哭還是笑。再加上大河那句「哼！豬頭！」深深刺進耳裡——豬頭，我是豬頭，我被自己的豬頭本性牽著走。他搖搖晃晃起身靠著窗戶，並且咬住窗簾。

「嗚——嗚嗚嗚……！」

竜兒的眼睛望向對面的窗戶。真不愧是掌中老虎，永遠不忘凶殘，僅僅一咬就粉碎竜兒瀕臨破碎的心。竜兒為她送上言語無法表達的讚美——

「吵死人了——！你到底——」

「噫——嘻嘻嘻！」

「呀啊啊啊啊啊——！」

不耐煩的大河再度打開窗戶，一看見又哭又笑的竜兒，忍不住尖叫跌倒、一屁股坐在地上。從竜兒的角度看去，只冒出兩隻腳的模樣簡直就像《犬神家一族》裡的佐清。這跤摔得太過漂亮，竜兒嚇得不禁伸長根本搆不著的手——

「……你、你真的是上天的失敗作品！沒想到神的玩笑竟然會導致這麼殘酷的結果……竜兒的恐怖外表簡直超越人類的所知範圍！」

聽到悠悠起身的大河開口，竜兒伸出的雙手在空中空虛揮舞：

「我……我這輩子第一次聽到那麼狠毒的話……！不，更重要的是妳竟然用長柄刷擦我的臉！妳知道它是用來刷哪裡的嗎？打從浴室退役之後，現在是用來刷玄關和門外樓梯！門前水溝被飛來的垃圾堵塞時，也是用它像這樣～先乾刷再濕刷……」

「好了，廢話到此結束，醜八怪快點睡覺！嘖！吵吵鬧鬧……還頂著一張『惡靈古堡』裡殭屍犬的臉……」

「妳說什麼！我之所以吵吵鬧鬧，還不是因為妳無視我的存在！啊——對了……妳居、居然無視我！妳明知道我現在很傷心，卻、卻對我對我——」

「關我屁事！」

「咦？」

大河口吐過度坦白的回答，在對面窗邊以桀傲不馴的模樣抬起下巴，一臉自以為了不起的表情俯視竜兒，還無趣地哼了一聲。大眼睛彷彿在看路邊的貓大便，不帶一絲感情：

「我也有自己的事要忙，哪有時間整天理你。」

「妳、妳說什麼！妳怎麼可能有事？明明是整天遊手好閒的大閒人！」

「隨便你怎麼說，反正我無所謂。以你這種小家子氣窮光蛋的標準，怎麼可能了解我這種有錢人的想法。」

「頂著一張米粒大的臉，說什麼有錢人啊！」

毒舌回應的下一秒——

叮鈴鈴～鈴鈴！叮鈴鈴鈴鈴鈴～

「啊，時間到。」

大河手上的手機發出不合時宜的雙簧管旋律。聽到這麼無力的音色，竜兒也不由得跟著虛脫。真不曉得這是用來提醒什麼。

「好了，就是這樣。明天開始就是新學期，快點睡覺吧。與其繼續抱怨，你應該還有更多重要的事要思考。」

面對大河的冷漠與逐漸擴大的冷淡，竜兒忍不住緊盯準備關上窗戶的大河：

「是這樣嗎……」

「怎麼樣啦？」

聽到竜兒的聲音，大河打從心底不耐煩地皺起可愛的臉龐。居然可以如此厭惡同為人類的我？那句「怎麼樣啦？」讓竜兒感到驚訝。

結果就是這麼回事嗎？

「……原來對妳來說只是『這點小事』嗎……」

大河一開始聽到耶誕夜的事時，分明也哭了──竜兒咬唇茫然望著窗邊的大河。他真想開口問她：難道那天的眼淚是假的？

『騙人的吧──』

『小実怎麼會拒絕你──騙人。』

……事情發生在去年年底竜兒因為流行性感冒而住院，也就是那場派對後的第三天。終於能夠說話的竜兒，在病房裡對大河細述耶誕夜當晚，大河送他出門之後發生的事。

代替泰子拿換洗衣物過來的大河聽到這件事，也從探病時一定要戴的口罩後面發出隱約的啜泣聲。

『怎麼會這樣？騙人的吧──』

大河用她的小手遮住眼睛，坐在病床旁的椅子上哭了好一會兒。病床上竜兒的三角眼也難過落淚。兩人沒有說話，只是哭個不停。

不過竜兒多少因為大河的淚水而振作。雖然悲傷，但是在受傷時有人陪著一同流淚，真是值得感激的奇蹟——身邊有人明白我的傷痛，並且願意陪我一起難過。

不過現在又是怎麼回事？

「你別因為被小実甩了就遷怒我。」

大河皺起眉頭，還用手指掏著耳朵：

「就跟你說我有事要忙。啊——啊……都怪你這麼長舌，麵都泡爛了。」

大河邊說邊把擺在窗邊桌上的「東西」拿到窗前，豪爽地撕開蓋子。

「這……這就是妳、要忙的、事……！」

發抖的竜兒連話都說不好了。大河如此不耐煩地無視自己，原因居然只是——

「嘖！吵死了，我就在這邊吃吧。哼、開——動！」

咻嚕嚕——嘶嘶嘶嘶咻嚕咻嚕！只是為了泡麵。

「妳……妳這個人……妳這個人真是……」

「嗯啊～～好吃～～！怎麼樣？」

看到大河把泡麵塞滿嘴的幸福模樣，竜兒的心再度遭到背叛，然後無力萎縮。

「……算了，沒事。」

忍不住閉上嘴巴。

「這樣啊。」

嘶嘶嘶——嘶嘶咻嚕嚕嚕！

「妳這傢伙胖死算了！新學期就頂著一張肥臉上學吧！」

黑竜兒在此誕生。高吊的三角眼閃著嚇人的昏暗火焰，竜兒用可怕的話詛咒大河變胖。

「嘿嘿！」可是大河卻發出冷笑回應：

「沒關係，在這個時間吃泡麵，我早有心理準備了。再說變胖也跟你無關。」

抱著泡麵的大河以得意洋洋的姿勢挺起平胸，甚至沒注意到自己胸前的白色毛衣上，已經留下泡麵湯汁滴落的北斗七星。

啊啊——到底是什麼原因，讓竜兒的家與大河的大樓相隔兩公尺呢？又是什麼原因讓他們兩人的房間同在二樓、同樣高度的窗戶一扇向南、一扇朝北呢？

不發一語的竜兒站在自家窗邊，漫不經心地望著對面窗戶開心吃著泡麵的大河，愈看愈對鼓起的雪白臉頰感到生氣。真想把鞭炮塞進她的嘴裡……當然不是這樣，竜兒只是感覺悵然若失，剛才滿心的憂鬱也消失殆盡，內心彷彿漂浮在惡魔之海的幽靈船「鐵達尼號」——無法航行、乘客全體陣亡、船長的屍骨、咒怨的旅程——ＳＯＳ。

站在鐵達尼號的甲板上，幽靈船員竜兒低聲問道：

「……晚餐只吃泡麵？」

「沒有——九點吃了肉包、玉米奶油麵包、巧克力閃電泡芙。這是宵夜。」

「……根本沒有好好吃飯，而且全都是便利商店的東西。」

咬著筷子的大河以佯裝不知的表情把臉轉開。這代表竜兒的指責正確無誤。

「……搞什麼啊……」

幽靈船發出吱嘎聲響，愈發被導引航向惡魔海域，船舵也阻擋不了船隻朝著怨恨與詛咒的黑暗漩渦前進。

「……不來我家……只吃那些東西……也不吃青菜……」

「有意見嗎？啊、你該不會也想吃泡麵吧？哇～～真卑鄙。」

「才不是！啊——氣死我了……！氣死我了……我生氣了！」

發出呻吟的竜兒一面搔頭，一面轉身對著夜空大吼。充滿危險氣氛的流氓長相，逐漸進化成必須打上馬賽克的模樣——刺眼、扭曲，而且愈來愈噁心。

「我一直想問妳！為什麼不來我家？而且一直像剛才那樣無視我！到底是為什麼？」

竜兒自覺全身的毛細孔散發帶著恨意與咒怨的黑暗氣息，「唔哇……」也知道對面窗邊的大河以彷彿看到噁心物體的表情皺起眉頭，更知道她雖然沒有發出聲音，不過薔薇色的嘴唇喃喃說著：「掃興。」可是生氣就是生氣，絲毫沒有辦法控制。

「我才想問你到底要怎樣？不是告訴過你不要遷怒！為什麼要對我發脾氣？」

「我才沒有遷怒！我、對妳的作為、感到生氣！」

口沫橫飛的竜兒用凶惡的外表面對全天下最危險的生物「掌中老虎」。男人的面子已經不復存在。

「妳現在是嫌受傷的我囉嗦嗎！認為聽我訴苦很不耐煩才施暴嗎！有所怨言的我對妳來說那麼麻煩、那麼礙事嗎！妳一開始還不是同情我！那算什麼？到底算什麼！我沒叫妳繼續同情我！也沒叫妳安慰我！可是妳為什麼不能像過去一樣！」

「……啥？」

「啥什麼啥！」

——我很清楚。

大河明顯在與我保持距離。我一直想問清楚原因、想要大喊：為什麼！

當我住院時，大河必須幫助上班的泰子送換洗衣物、買東西過來，意外地勤奮地照顧我。可是等到出院之後，大河卻不再造訪我家。

她提出各種理由拒絕三餐的邀請。照理說沒事要忙的白天也經常不在家裡，見不到她的人影。偶爾像現在這樣見面，大河卻開心吃著泡麵。明明只要到高須家裡就有東西吃、明明有叫她來吃飯。雖然大河不吃，竜兒還是每天準備她的份。而且泰子也在等待大河。「大河妹妹最近怎麼了～找她都不肯過來～」因此變得有些沒精神。

大河常坐的位子，還鋪著她專用的座墊。

「我被櫛枝拒絕而情緒低落……對了，妳已經感到厭煩了吧……！沒錯，看到我就很煩吧！真是非常抱歉！」

竜兒以來自地獄深處的惡鬼表情嘶聲喊叫，即使知道這樣很丟臉、很難看，不過沉澱在心底的情緒一旦找到出口便無法阻止。竜兒像個笨蛋似地揮動雙手再度吼叫：

「啊啊啊算了！算——了！結果妳也只會嫌我煩！原來如此！唉——把話說明白就好了嘛！反正妳打算把我們的關係當成垃圾丟掉就對了！原來我是這麼麻煩礙事沒必要！我懂了，全都懂了。好，既然這樣，妳就直截了當告訴我，我要聽妳親口說……喔……！」

「蠢蟲閉嘴。」

大河手上的筷子比她的話早一步命中竜兒的眉心。雖然沒被射穿，但是挨了一擊還是很痛，竜兒不由得閉上嘴巴。

「你真——是愚昧的蟲！臭蟲！說你是狗還太高估你了，這隻昆蟲！在那邊亂說什麼自以為是的話啊！」

大河原本想對折手上的筷子，卻一個失敗折成七比三的長度，只好彆扭地吃完剩下的泡麵。再度看向竜兒的大眼睛裡，除了嘲笑之外還有哀憐。

「難道一定要我從頭開始解釋你才會懂嗎？」

「……解釋什麼？」

「我的所作所為全部都是為了你。此刻的天界一定亂成一團，因為有我這個比上帝更崇高、比佛祖要慈悲的人！可是你這個笨蛋笨蛋笨蛋笨蛋！哇！真是有夠笨！我從以前就這麼認為，沒想到……」

「……原來妳是這麼看待我。」

「事到如今也沒什麼好說，笨蛋王就是你。」

「……妳是說避開我、不來吃飯、碰到也當成沒看見……都是為了我？」

「是啊……正確來說是為了你和小実。」

唉——大河嘆口氣，看著竜兒繼續說道：

「在你住院時，看著你痛苦的睡臉，我心想……」

大河低下的雪白臉龐有如水嫩的花蕾，以難過的樣子將一隻手擺在胸前搖頭說道：

「啊啊，怎麼會有這麼恐怖的臉，真是沒救了……噗——！」

忍不住笑了出來。

啪噠！竜兒用力關上窗戶。「騙你的啦！剛剛是開玩笑！打開窗戶！」竜兒聽到大河不顧鄰居安寧的叫聲，再次無奈地打開窗戶。

「……我現在已經走投無路了……！妳要是再開玩笑，我說不定真的會死……！」

「好好好，我知道，我會正經……對，正經。我已經仔細想過這次的事，也清醒、弄懂了。我打心底深深感慨：『真是笨啊……』」

「……我嗎？」

「不，是我。」

大河以自嘲的動作聳聳肩，彷彿在告訴竜兒：玩笑到此為止，接下來是認真的。閉上眼睛繼續說道：

「我到底在做什麼……最蠢的人其實是我。」

緩緩睜開的眼裡倒映夜晚的黑，手指輕梳一頭長髮，伸手靠著窗框，仰望看不到星星的夜空。大河下巴的線條，在黑夜中看起來彷彿正在散發白色光芒。

平靜的聲音與白色的氣息同時滲入夜晚的靜謐裡：

「雖然說要支持你和小実，我卻深入你的生活，小実當然會誤會。即使要她別誤會，她的腦袋還是會去想——一般人都是這樣。而我居然想都沒想就依賴你，真是個笨蛋。」

整理寒風吹亂的瀏海，大河稍微笑了一下。直視她的眼睛，竜兒的心中有幾分困惑。

「也就是說，妳——」

竜兒撇開視線，冰冷的寒風吹得皮膚好痛。

「——認為櫛枝拒絕我的原因，是因為她誤會我們的關係？」

嗯，大河也低下視線。竜兒的眼角看見她輕輕點頭。

「所以我要結束和你的共同生活，一個人活下去。這次不是嘴巴說說，我會認真做到。」

「……妳的意思是因為櫛枝的誤會，所以妳不再來我家？」

嗯。大河又點一次頭，並且說：「不再去了。」

陷入沉默的兩人就像在冰點之下凍結的黑夜，黑暗又寂靜。沉默不代表竜兒完全贊成大河說的話，甚至可以說是不贊成。

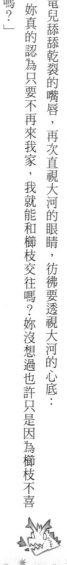

竜兒舔舔乾裂的嘴唇，再次直視大河的眼睛，彷彿要透視大河的心底：

「妳真的認為只要不再來我家，我就能和櫛枝交往嗎？妳沒想過也許只是因為櫛枝不喜歡我嗎？」

「我不那麼認為。」

大河的回答充滿自信：

「光看就知道小実喜歡你。她只是在顧慮我，除此之外找不到其他理由……你認為小実為什麼拒絕你？真的以為是她『不喜歡你』嗎？」

「這個……」

大河問到問題的核心。竜兒不禁屏住呼吸，搔了搔頭。臉頰貼著窗台，猶豫該不該說出口，最後總算勉強說道：

「……老實說……我也不知道。我不認為……櫛枝對我一點好感也沒有……也無法理解她搶在我告白之前拒絕的原因……」

竜兒閉上眼睛，腦海裡浮現「她」——櫛枝実乃梨的身影。

「其實……我自己也覺得櫛枝喜歡我……好像是這樣，但是搞不好……可能是我自做多情……」

『高——須——同——學！HEY!YO!MAN!』

記憶裡的実乃梨開朗歡笑，輕踩步伐跳到空中，一對深不見底的眼睛凝望竜兒，時而搖曳、時而含淚、時而堅定的眼神緊緊抓住他。

「……可是她卻乾脆地拒絕我，根本不讓我說『喜歡』就徹底拒絕。每次想起過去與櫛枝的相處情況，我就無法理解，心裡也很紛亂……但是我不想放棄。」

竜兒知道実乃梨的指尖溫暖如火，直到現在仍然忘不了那股溫度，也沒忘記她說要一起買下牽手跑完福男競技的照片。実乃梨當時隱藏在微微顫抖的聲音後頭，那份出自內心的溫柔，竜兒一輩子也不會忘記。

尋常日子的反覆對話裡，実乃梨似乎逐漸對竜兒敞開內心，說出心裡想說的話。

她的視線、聲音、表情，竜兒全部記得，認為背後還有其他意義，所以竜兒覺得実乃梨多少對自己有點好感，至少兩人的將來可能有所發展。儘管這些想法有點沒用，竜兒仍然不願拋開。發抖的他抱頭呻吟：

「我……我不知道……說真的我不知道。一切都是我的誤會嗎？過去那些只是我的癡心妄想嗎？我不相信，無論如何我都不相信……」

大河低聲說道：

「我也是……我也不認為是你的誤會，所以——」

竜兒只是稍微抬眼看向站在對面窗邊的大河。大河定眼注視竜兒，在沒有星星的夜裡散發強烈光芒，直視前方的眼睛沒有一絲動搖或猶豫。

「不准逃避。」

大河的聲音有點大。

「你還是一樣喜歡小実吧？還是相信小実也喜歡你吧？既然這樣就不准逃避，繼續喜歡小実。小実只要看到我沒和你黏在一起，一定會給你不一樣的答案。你不可以像這樣繼續煩惱下去，也不可以因此而放棄。」

「可是——」

「沒什麼好可是的……其實我也有些害怕面對小実。」

大河低哼了一聲，似乎是要掩飾沙啞的語尾。

「……為什麼？」

「你不明白嗎？把小実叫去學校的人是誰？」

啊。竜兒想起不願回想的那晚。

沒錯，実乃梨被天使大河說服而前往耶誕舞會現場，然後在那裡拒絕竜兒。

「結果變成這樣……我和小実打從那天晚上之後就沒有見面。她一直在忙社團，接著就和家人一起去祖母家過年，也沒親口告訴我耶誕夜的事。我當時還吵著要她和你見面，現在怎麼可能裝作不知情的模樣面對她。」

說到這裡，大河稍微咬住下唇，指尖用力摩擦額頭，呼出白色氣息。聽來像是自言自語的話裡，充滿藏也藏不住的後悔。

「如果我沒有因為耶誕節興奮過頭、沒有強迫小実出門就好了……你不覺得嗎？」

「我怎麼會那樣想。」

竜兒低沉的回答是他的真心話。結局雖然不好，但是打算告白的人、決定告白的人、那天跑在路上趕回學校的人，都是竜兒自己。

可是大河——

「我會。」

對不起——大河道歉了。這麼做一點也不像大河。

對大河來說，她不懂自己的道歉讓竜兒的心再次受傷。遭到拒絕之後，大河不但道歉，還搶走害竜兒被甩的「責任」，竜兒的心臟幾乎快要噴血。這讓被甩男遭到粉碎的尊嚴也消失無蹤。如果大河現在和我一起坐在黑暗狹窄的房間角落，我一定會狠敲她的髮旋，並且說聲：「妳懂不懂別人的心啊！」

可是現在的自己連這一點也做不到。

「但是！我不會逃避！所以你也不要逃避！」

大河大聲說完之後伸手一指，正好指向竜兒心臟附近。

「不能逃避眼前的問題，我知道很痛苦……可是如果逃跑，一切就真的到此結束！」

竜兒覺得被射穿的心臟停止跳動——真的到此結束……這句話的衝擊讓他一時之間喘不過氣來。

「回答我，蟲兒！」

「誰啊……」

「準備好面對了嗎？」

雖然還有許多話想對大河說，竜兒還是勉強自己點頭——只是逃不逃避也不是眼前就能決定的事。

看到竜兒的回應，大河閉上嘴巴，似乎也做了什麼決定：

「以後你不用叫我起床，也不用幫我準備便當和晚餐，我會自己想辦法，也會自己做家事。小実認為竜兒對我來說很重要，因此我必須向她證明自己一個人也沒問題。我要讓小実看見，然後等小実改變主意，說出另一個答案。」

大河說得斬釘截鐵，還用雙手拍打臉頰，讓竜兒看見她的幹勁。竜兒茫然望著大河，彷彿看到耀眼物體一般，不由自主眨了幾下眼睛。

大河果然比我堅強。

我真想踢飛剛才那個埋怨大河見死不救的自己、真想放倒感覺孤單寂寞的自己。竜兒點點頭，告訴自己一定要振作。

跟大河分開就能和実乃梨順利交往——他不認為事情有這麼簡單。可是重要的不是這些，而是自己不應該在認真決定獨立的大河面前丟臉，也不想被成長的大河追過、拋下。

更不想當個因為被甩而逐漸頹廢的沒用傢伙。

就這樣結束長久的單戀，更非他所願。

「我明白了。加油，不過……可別搞出火災。」

大河自信滿滿地挺起胸前的大陸棚：

「放心，我可以保證不會用到瓦斯爐。我決定一輩子當老外！」

居然能毫不羞愧地說出層次這麼低的話，竜兒不禁嘆息：

「究竟能持續到什麼時候……」

「這是什麼意思！一直持續下去！永遠永遠！」

竜兒看著氣呼呼的大河，發現她的臉頰和鼻子都被冷風凍紅，嘴邊仍掛著無所畏懼的微笑，在黑夜中擺出一副了不起的模樣。

「你沒問題的，只要做好自己該做的事。聽好了，首先要確認小実的真正想法，至於機會……早就已經準備好了。」

「機會？」

「是的，幸運的偶遇。」

大河點頭說聲「晚安。」便用力關上窗戶——沒想到狠狠夾到四根手指，淒慘的叫聲在寂靜的夜晚裡不停迴響。

不逃避。

確認真正的想法。

……雖然已經作好心理準備，但是黎明還很遠，世界也很昏暗，看不見希望。竜兒還不知道大河說的機會到底是什麼。

竜兒在黑暗裡睜大雙眼茫然注視天花板。睡不著的他只能窩在厚重的棉被裡。

天亮之後就是新學期，無論如何都要見面……希望黎明不要來，也算是種逃避吧——

＊＊＊

「天亮了————！」

竜兒嚇了一跳。

「……小鸚一大早就這麼有精神……」

平常高須家的早晨總是又冷又暗，就連待在屋子裡也會吐出白色霧氣。要幫寵物小鸚添水加飼料的手也凍僵了。

明明是個陰鬱的冬天早晨，小鸚不曉得在開心什麼，在鳥籠裡張開翅膀放聲大叫：

「天亮了——！天亮了————！」

小鸚踏著皮膚成魚鱗狀剝裂的雙腳，混濁的白眼球有著綠色的血管繪出網狀花紋，同時張開有缺口的土色鳥喙：

「天亮了！天亮了！天亮了！天亮了！」

「喔！喂！小鸚，閉嘴！別叫了！啊！」

小鸚穿過竜兒手邊的空隙跑出鳥籠。竜兒連忙伸手想要抓住，但是牠的動作十分迅速，以螃蟹橫行的動作，像是要衝破大氣層般在榻榻米上衝刺，雙腳踏過榻榻米脫落的竹子纖維，彷彿橫越沙漠的傘蜥一般全力向前衝。小鸚輕鬆地轉彎，似乎是在嘲笑跪地追趕的飼主，速度快到眼睛追不上。

一大早就找麻煩……竜兒眉心擠出有如大地塹的皺紋，頓時靈光乍現——這個速度與轉彎的技術，再加上眼睛看不清楚的藝術腳法，總覺得在哪裡見過——

「席丹……！這是球王席丹的馬賽迴旋……！」

竜兒以手遮住嘴巴，忍不住睜大三角眼。沒想到從小學六年級開始飼養的醜鸚鵡小鸚，竟然是前皇家馬德里隊的王牌球員，真是太驚人、太厲害了。啊～嚇死人了。

「別鬧了……哈哈。」

這種搞笑連自己也看不下去，只能無奈地癱在地上。「唉……」如果可以不要天亮該有多好——這麼祈求、這麼祈求、這麼祈求，結果黎明還是來了。他根本無法不去思考。

至於別名「高須席丹」的小鸚仍然處於異常亢奮的狀態，以驚人速度繞著放出黑暗氣息的飼主全力衝刺兩圈半。才以為牠要變換跑道，沒想到竟然衝進紙拉門微開的泰子寢室。

不一會兒就聽見「啪咻～～」與「呼嚇～～」等人類不可能發出的慘叫聲，以及某個東西在床上動手的聲響。

「嗚～～～～～吵醒人家了啦～～～～～～」

酒氣衝天的運動服身影打開紙拉門。看到那個一頭亂髮的人影，竜兒不禁「唔哇！」一聲嚇了一跳：

「野人……」

「嗚耶……？」

醉醺醺地回家，今天早上也是頂著一頭捲翹亂髮的親生母親泰子，手中握著腦袋無力偏向一旁的高須席丹。

「唔哇！那麼用力會死的！」

「因為～～～小鸚在泰泰臉上亂跑嘛～～」

至於她手中的席丹——

「嘔……」

吐了。

喔喔！嗯呀～～！母子兩人同時慘叫。一大早就吵吵鬧鬧的席丹，自作自受地吐出綠色黏液。「噫～～嗯☆」抓著嘔吐席丹的泰子沒辦法放手，只能不斷閃躲。

「嗯……嘔……」

綠色嘔吐物有如間歇泉噴出，飛沫甚至濺到泰子的下巴。

「唔哇☆唔哇哇☆唔～～哇哇哇☆泰泰受不了了☆嘔呃☆」

泰子把嘔吐席丹塞給兒子，搖搖晃晃往廁所走去，猛力打開門——接下來是抱著馬桶，然後……耳邊響起無法忍受的聲音。竜兒沒辦法塞住耳朵，右手握著泰子塞來的席丹——不，如今渾身無力的牠，只是滿身嘔吐物的普通鸚鵡。

竜兒嘆了口氣，喃喃說聲「真是拿你們沒辦法。」裝作沒聽見廁所裡的聲音，輕輕拿出溼紙巾幫小鸚擦拭身體。咦？有個怎麼擦也擦不掉的汙漬……仔細一看才發現羽毛浮現一個有如死人臉的花紋。

竜兒把小鸚輕輕放回鳥籠，讓牠站在木棍上，雙眼彷彿閃著青光的日本刀：我不想當人類了……當然不是。

「小鸚吐成這樣要不要緊？我們去動物醫院吧？反正今天只是開學典禮，我可以向學校請假帶你去……」

其實竜兒是打算蹺課。「不准逃避！」——昨夜大河的聲音在腦中響起。這不是逃避，小鸚不舒服可是一件很嚴重的事，所以我也是無可奈何。可是這個藉口實在很爛。

「天亮了……天亮了……天亮了喲……」

小鸚似乎打算攝取失去的熱量，開始猛啄夾在曬衣夾上的新鮮小松菜，吃到眼球的血管凸起，似乎完全不把竜兒看進眼裡。看來小鸚健康得很。竜兒突然想到某個可能性。

該不會、難不成、小鸚是——

「……為了替我打氣，所以故意大吵大鬧……？」

「啥……？」

算了。這樣就好。真的夠了。無所謂。

竜兒用力轉開看著醜鳥蠢臉的視線，嘆口氣起身洗手、洗好泰子用過的杯子、用抹布擦拭流理台的水滴、確認自己沒心情準備早餐。轉眼看向時鐘才發現剛才的席丹嘔吐事件，已經花了他不少時間。

「唉——真不想上學……」

『不准逃避！』

好好好，我知道，我會去。我本來就不是有種蹺掉開學典禮的男人。

竜兒將整齊掛在洗衣店衣架上的立領學生服拿下，無意識地用刷子簡單刷過。襯衫外面套上有點沒用的灰色V領厚毛衣，再穿上立領學生服。扣上鈕子後再圍上大河很喜歡的喀什米爾圍巾，就算準備完畢。即使是隆冬，竜兒依然堅持不穿大衣——因為怎麼看都很像考生。書包昨晚已經整理完畢，手機和鑰匙也帶了，接下來只剩出門。

「……真是非常不想去……」

不對，要去要去，我要去。竜兒甩了幾次頭，甩開內心的憂鬱。

「我走了……」

然後陰沉地對著在盥洗室漱口的泰子道別。

「慢走……啊呼，對了～小～竜。」

吐得那麼厲害、依然帶有醉意的泰子口齒不清地抬頭，以嘴邊沾滿嘔吐物的模樣在兒子面前扭腰說道：

「泰泰啊～才沒有忘記呢～人家記得喔～☆已經蓋好章～擺在房間桌上～」

「……什麼東西？」

「咦～？真是的～小竜最近老是發呆～怎麼可以忘記～！就是沖繩啊～！」

沖繩……？

……沖繩！

「對喔！」

籠罩在迎面襲來的濃厚酒氣裡，竜兒總算想起來了，連忙衝到房間拿「那個」。

「差點忘個一乾二淨。」

擺在泰子房間的「那個」，正是本月要舉行的校外教學家長同意書，主要是徵求監護人同意動用預備金，還有加入保險。竜兒因為這些日子發生許多事，完全忘了開學典禮當天要交。連大腦光滑無皺褶的假腦泰子都記得……真是丟臉。

「沖繩沖繩～～！真好～～好高級～～！泰泰也想去～～！」

竜兒把同意書塞進書包，穿上乾淨皮鞋之後打開門。突然吹來的一陣寒冬北風，讓他冷得忍不住閉上眼睛。

「唉呀……沒什麼精神呢～～？」

「……我出門了。」

「小竜要不要緊～～？」屋裡傳來泰子無憂無慮的聲音，但是竜兒已經無力回答，只能靜靜鎖上門。天氣明明冷到刺骨，朝陽卻莫名刺眼，照著竜兒那雙彷彿在深夜的歌舞伎町附近才會出現的銳利眼睛。

現在不是管什麼沖繩的時候——竜兒走下鐵梯，緊咬的齒間感覺到一陣苦澀。

走在反射晨光的柏油路上，斜眼看了大河家所在大樓的入口大廳。打磨光亮的白色大理石樓梯通往玻璃門。即使是冬天也不落葉的長青植物在走道上搖曳，映下淡綠色樹蔭。

不過竜兒今天不會走進大樓，一個人朝著一如往常的櫸木林蔭道走去。不曉得那個貪睡的大河今天是否準時起床？昨天晚上說過不用叫她，所以竜兒尊重她的決定。

此刻的天界正在吵鬧不休……自己不清楚真相，但是大河的心意讓竜兒很開心，卻也有些複雜的感慨。老實說來真的有點寂寞，甚至覺得被拋下。可是大河為自己著想，這件事讓他真的很開心。

竜兒一個人在落葉飄零的櫸木下邊走邊想——平常這條路總是和大河一起走，被她用書包打、被她罵、勒脖子、戳眼睛、聽她嫌太早或太晚、忍受她不講理的起床氣、看她摔倒、撞到、絆倒、呻吟，聽她碎碎唸著北村同學如何小実如何蠢蛋吉如何我如何……可是大河說為了我和小実，要一個人獨立。

大河或許真的長大了。

另一方面，自己卻是這副德行。我們在我失戀和染上流行性感冒昏睡的這段期間，出現了差異。現在的我仍想停下腳步，不願走向學校。昨晚明明已經有過心理準備，現在依然猶豫不決，沒能做出任何結論，只有不停說著「怎麼辦怎麼辦怎麼辦」——

「嘿！」

竜兒學著大河昨天的動作，雙手拍打自己的臉頰。

目前的確是進退兩難，可是我已經決定不再逃避。既然如此，我要重新來過，丟臉也無所謂，至少比因為無法放棄而自暴自棄來得好。

冰冷的北風吹著額頭，竜兒不打算低頭，抬起下巴面向前方，不再煩惱要用什麼表情面對実乃梨。

重新來過！現在是零，從零重新開始，只有這個辦法。至少不要變成負數，別讓実乃梨多花心思顧慮我，我不是被交往的女朋友甩了，只是一切歸零，只要從零重新累積。

反正一開始就是單戀。

來到斑馬線正好遇到綠燈，竜兒因為這點小小的好運有了活力。決定了！在教室遇見実乃梨，我要盡可能大聲向她打招呼：早安！雖然不知道接下來能不能聊下去，但是開學第一天，我決定要主動對她展露笑容。

自己能做的只有這麼多，至少要積極面對——

「喔！高須同學，早安！」

——神啊！

「唉呀——真是夠冷了！咦？大河呢？你們沒有一起來嗎？」

竜兒突然變成高須席丹二世。搞不清楚怎麼回事，總之走過斑馬線的他立刻使出華麗的馬賽迴旋，繞過擋在行進方向的「她」身邊，以充滿藝術風格的步伐繞到「她」的背後，然後無聲慘叫：我是笨蛋啊啊啊！

大河與実乃梨總是約在這個十字路口，我竟然什麼也沒想就直接走過，真是蠢斃了。如果大河還沒起床，「她」——櫛枝実乃梨會出現在此也是理所當然的。

「呃、喂！高須同學！」

竜兒拉緊圍巾摀鼻子、假裝什麼也沒聽見。其實他無法靠自己的意識停下腳步，也拿急速前進的腳沒轍。

還說什麼「要和她打招呼」、「要主動對她展露笑容」！蠢蛋、蠢蛋、蠢蛋、蠢蛋、蠢到最高點！廢物去死啦！竜兒在心裡痛罵自己，決定無視実乃梨。別說是実乃梨的表情，竜兒連她的書包邊緣和裙襬都無法正視、連她周遭半徑一公尺範圍裡的空氣都無法呼吸。

「喂——！高須同學！」

過剩的自我意識讓瀕臨崩潰的竜兒渾身僵硬，只能不知所措地大步逃離現場，有如岩石般僵硬的身影，背對実乃梨快聽不見的聲音，一溜煙地逃跑。今天一早小鸚華麗的逃亡場景，難道就是在預言此刻？竜兒腦中想著無聊的事，無法正視自己的作為有多過分。

「不准逃走喔喔喔喔喔——！」

——辦不到。即使腦中響起昨天夜裡大河的聲音，竜兒仍然繼續加快腳步。

「禿頭竜兒這個雜碎——！不准、逃走——！」

我才沒有禿頭……話說回來，大河的聲音聽起來怎麼這麼具有臨場感？就在竜兒如此心想之時——

「啊！小、小実早……呀啊啊啊啊！」

竜兒因為驚人的叫聲而回頭，然後與実乃梨同時倒吸一口氣。有個小笨蛋在斑馬線中間跌倒——光是跌倒還不打緊，一輛廂型車正好轉過十字路口，而這個跌跤的笨蛋正好位在司機視線的死角。竜兒與実乃梨幾乎同時丟開書包飛奔，接著是極為不吉利的慢動作畫面。

大河彷彿即將遭到輾斃的貓，僵在迎面而來的車輪前面動彈不得。幸好竜兒及時跳到車速不快的廂型車上抓住擋風玻璃，嚇了一跳的司機大吃一驚、連忙急踩剎車，実乃梨也趁這個空檔用力抓住大河的手，把她拖到人行道上。

「很危險耶！臭小子，不要突然跳出來！」司機一邊破口大罵，一邊駛著廂型車開過竜兒身邊。

大河嚇得心臟差點沒跳出來，忍不住發抖說道：

「……嚇、嚇死我、我了……」

「妳這個……笨蛋！」

竜兒不禁放聲大吼。実乃梨也同時叫道：

「妳在搞什麼！真是的……！」

癱坐在杜鵑花間、連帽外套前襟敞開的大河站不起來，只能看看竜兒又看看実乃梨，然後小聲道歉：「對不起……」

「真是的……！這可不是開玩笑！剛才差點就被車撞到了！」

「為什麼突然跑過來！站起來看看！有沒有受傷？」

多虧実乃梨伸出援手，大河終於站起來，難為情地任由実乃梨拍掉裙子上的灰塵。

「來，把外套穿好！圍巾圍好！穿得這麼邋遢……啊！」

竜兒看著大河把淺灰色連帽大衣的前排釦子扣好、把自己買的桃粉色圍巾重新圍上。這時突然注意到大河的手心擦傷，不由自主抓住她的手：

「妳流血了！」

「真的耶！面紙面紙面紙！」

面紙我有——抬頭的竜兒頓時喘不過氣。

他發現実乃梨正從近距離看著大河的手，自己的手抖個不停。大河注意到竜兒的反應，眼神似乎有些游移。実乃梨用口袋裡拿出來的面紙擦拭大河的傷口，然後壓住止血。実乃梨似乎剪了頭髮，下巴附近的捲翹髮尾比之前更像男生，瀏海底下的黑色眼瞳也在閃閃發光。

然後——這已經是極限。

竜兒突然轉身拋下大河與実乃梨。不管自不自然，總之他都無法繼續待在那裡。竜兒一把抓起扔在人行道上的書包，再度逃離実乃梨的身邊。不看不聽，無視一切地快步跑開。

大河不再叫他不要逃避。揹起書包的竜兒稍微轉頭，看見実乃梨背對自己撿起書包；位於人行道的大河則是抱頭仰天無聲張開嘴巴——笨死了笨死了笨死了笨死了，我真是笨死了！是啊，妳真的笨死了。竜兒偷偷在心裡贊同她的想法。妳果然還不成熟，成熟的大人才不會像妳一樣跑到馬路中央跌倒，還差點被車撞。

另一方面，竜兒也想用同樣姿勢對著天空大叫：蠢蛋蠢蛋蠢蛋蠢蛋蠢蛋，我真是蠢蛋！

啊——學校乾脆失火燒光算了……竜兒幾乎是哭著跑開，心裡甚至出現這種愚蠢念頭。

2

「大海！太陽！沖繩！」

「黃綠龜殼花！五島大夫！沖繩！」（註：黃綠龜殼花是沖繩特有品種。五島大夫出自山田貴敏的漫畫《離島大夫日誌》）

剛進教室，眼前便遞來兩張校外教學同意書。

「……幹嘛這麼突然？」

竜兒高吊的三角眼流露極度的不爽。一般人見到恐怕早就嚇哭了，不過有耐性的能登與春田絲毫不畏懼，還親密靠近說道：

「高須，太不配合啦！這個！同意書同意書！帶來了嗎？」

「新年快樂～～！沖繩喔～～！六天五夜，不用花錢就可以去喔～～！喲～～！」

還是要花錢吧——竜兒悄悄看了今年也是一臉蠢樣的春田，不禁開始羨慕朋友那張與煩惱無緣的蠢臉。
「咦？小高高怎麼了？我絕對不會讓出我的同意書喔！」
「誰要那種東西……我也有帶。」
真是羨慕啊——竜兒只說了這句話，便閉嘴將書包擺到自己的座位上。雖然知道能登和春田為了他毫不掩飾的不悅而面面相覷，可是竜兒不打算解釋。他總不能說自己在耶誕夜當晚被櫛枝実乃梨拒絕，之後一直心碎到現在。幾分鐘前的実乃梨還是以一如往常的態度向自己大聲問候，自己卻無視她的存在，加快腳步逃走。
坐在椅子上抱著頭，竜兒愈想愈覺得自己的心胸真是狹窄。我是個大爛人，就算被甩了也不應該無視人家吧？太沒品了。
心胸狹窄、大爛人、沒品……本來只是尷尬，卻在無意間擴大自己的傷口，事到如今他也不知該如何是好。再這麼繼續下去分數會被扣光、會被她討厭。
「……啊啊啊……唔喔喔……呼喔——！」
能登一面拉住竜兒撥亂頭髮的手，一面問道：
「喂喂！我說高須，你在碎碎唸些什麼？你到底怎麼了？發生什麼事？啊，該不會是流行性感冒的後遺症吧？」
「說到這個，我真的被你嚇死了～本來想找你一起去新年參拜，卻聽到你『因為流感住院，剛出院所以不方便。』～不過看了這個也許會精神大好喔！我超～～期待校外教學，所以立刻買了這個～～！嘿～～！你看你看！」

春田拍拍竜兒抱頭的手，以得意洋洋的模樣將旅遊導覽塞到竜兒面前。竜兒反射動作想要把書推開，卻又突然停下動作，不禁定睛望著寫有「玩遍沖繩！」的封面照片。

燦爛豔陽、碧藍的廣闊天空、閃耀祖母綠的珊瑚礁與白到像是人工打造的海灘。成群身穿泳裝、頭髮被風吹亂的年輕人開懷大笑，男女親密靠在一起站在海水裡……手裡還拿著大鳳梨……

這真是太刺眼了！

「……啊哈哈哈哈！」

竜兒忍不住失笑出聲，眼角也滲出淚水。他不是傷心，而是覺得這種過度美麗的清爽感覺，和現在的自己落差太大。

照片裡的每個人都是開朗耀眼的表情，看來真的很開心，然而此刻的自己就像他們腳下的影子。光輝青春的表面是這些人，背面則是我——好笑，真的很好笑。

可是竜兒的笑似乎被誤會了。「嘿嘿嘿！」能登開心地垂下眼角，像隻用前腳抓到小魚的水獺——一點也不可愛的模樣讓人生氣。

「你也很期待吧！那片藍色大海！校外教學能夠去沖繩的我們真好運！其他學校的朋友

要去京都奈良。國中就去過京都奈良了！全部都是寺廟神社！」

「嘻嘻，好慘～～！到了沖繩，有個地方絕對要去～～！萬座貓！」

竜兒隱約心想：是「萬座毛（註：位於海邊峭壁上的寬廣草原，是沖繩的自然名勝）」吧……

「還有美軍基地！好想看～陸軍好帥～～！」

是海軍吧……再說基地平常也不會對外開放……竜兒再次暗自心想，但是也沒力氣吐嘈。「還想拿槍射擊～～！」春田說到這裡，能登終於用一句「你是不是對沖繩有什麼誤會？」阻止春田的失控。

「喔、早啊！這麼快就看起沖繩導覽！真有心啊！」

「喔。」聽到爽朗的運動少年聲音，竜兒也回頭舉手打個招呼。來者瞇起眼鏡後方熟悉的眼睛，同樣舉手回應——他正是學生會長兼班長的北村祐作。

「高須，聽說你過年得了流感？真糟糕，好了嗎？」

「……啊啊……嗯……」

「你也太沒精神了吧？啊！該不會是因為高燒……」

北村皺起眉頭，眼睛看著坐在椅子上的竜兒胯下。明白北村的意思，竜兒連忙交叉雙腿擋住他的視線。

「早啊，大師。今年也要繼續這個嗎？」

能登拍手鞠躬的姿勢當然是表示——

「當然要繼續當失戀大明神！今年也要牢牢抓住學生的心！強調失戀的形象親近大家，將失戀的同學從失戀的地獄……怎麼了，高須？為什麼盯著我？」

「……沒事。」

竜兒連忙搖頭，轉開比瞪視能登銳利雙倍的視線。不行……不小心對「失戀」這個字眼反應過度了。

「不過要繼續當失戀大明神有個問題，大受好評的廣播單元『你的戀愛啦啦隊』已經找不太到分享失戀經驗的來賓，從學生會成員到壘球社學弟妹都動員過了……再這樣下去節目將會開天窗。」

「找些暗樁不就得了？喔，你看，最佳暗樁人選立刻出現！」

竜兒看往能登指示的方向，「喔！」立刻閉上眼睛低著頭，緊抓膝蓋的手指因為用力而發白。我想逃走，逃得遠遠的。可是——

「櫛枝早啊，妳剪頭髮了？該不會失戀了吧？來上北村的失戀報告廣播吧！」

「咦？櫛枝有剪頭髮嗎？真是看不出來，要剪就要像我給妳的禿頭假髮那樣發奮剃掉！你說是吧，小高高！」

——背後有纏人的春田緊追不捨，這下子逃不掉了……

即將發抖的竜兒稍微抬起視線，緊咬牙根偷看。拿下格子口罩的実乃梨，彷彿忘了竜兒剛才的無視行徑，和平常一樣開朗大喊：

「你們這些男生吵死了——！幹嘛擅自盯著人家的頭髮！H, Sketch, One Touch!」

喂、有笨蛋！那傢伙真是蠢斃了！能登與春田指著実乃梨狂笑，就連北村也跟著起鬨，一臉傻笑舉起雙手：

「如果妳失戀，我隨時歡迎妳！我的胸膛隨時都可以借妳！還要上廣播！」

「幹得好！大師！真不枉你的厚實胸膛！」

「咻～～！櫛枝失戀！咻～～！」

滲出來了——不是淚水，而是嘴唇咬得太用力，嘴裡嚐到鐵味。咬唇低頭的竜兒像個石像呆立不動，無法加入開玩笑的行列，也不敢看向実乃梨的臉。頭上往來的對話太危險，如果一不小心遭到牽連，竜兒沒把握會發生什麼事。

「啐！走吧，大河，別理那群無藥可救的笨蛋！他們一點也不懂這個髮型花了我四千五百圓！」

実乃梨抓住身旁的大河肩膀準備轉身。「嗯嗯。」仰望実乃梨的大河點點頭，以無尾熊一般的動作抓住她的腰，留下一句：「沒品味！」可是今天的男生（除了竜兒）不曉得是新學期還是沖繩的關係，或是兩者都有關，總之就是莫名興奮、絲毫不愛惜生命。

「有了有了，老虎也可以來當暗樁！和北村一起上廣播節目！」

「嘻嘻嘻！對耶，好主意！來吧，奔向我的胸膛吧！老虎～～！」

啪！春田從北村身後將他的立領學生服拉開。其實打開之後也沒什麼好看的，頂多只能看到襯衫，可是——

「大河不行！那是北村同學的詭計！」

「啊嗚！小実好痛！眼睛會受傷啦！」

実乃梨趕緊用雙手遮住大河的眼睛。

「不可以看，我就曾經中計！本來以為沒什麼了不起，仔細一看才發現有個不得了的黑色物體！」

哈哈哈——被人拉開立領學生服的北村悠然大笑：

「喂喂，那樣說會讓聽的人誤會。我什麼時候給妳看過黑色物體了？」

「夏天！去亞美家別墅的時候！」

有這回事嗎？北村偏著頭思考之時……

「咦咦……？呃……？」

扯開北村立領學生服的春田似乎在襯衫上發現什麼，忍不住把臉湊近，定眼凝視：

「喂喂～～！北村大師真是笨～～！吃東西居然滴在這裡，太丟臉啦～～！小高高，這是沾到什麼汙漬嗎～～？」

「你說什麼！」

只要聽到「汙漬」兩個字，無論身處什麼狀態的竜兒都無法坐視，立刻反射動作起身。

春田也指給他看：「這邊和這邊。」北村胸口的確浮現兩塊奇怪的圓印，竜兒從極近距離仔細觀察……這是什麼沾醬？還是醬油？而且正好位在乳暈的位置，看起來好像是乳暈，而且愈看愈像乳暈——

「……這分明就是乳暈！」

噁！竜兒忍不住低呼一聲。髒死了！我想要把貼近髒東西拚命看的眼珠挖出來，用椰子清潔劑好好洗一洗！面紅耳赤的北村連忙將立領學生服拉上……

「糟糕！我忘記自己裡面沒穿T恤！」

「好，跌倒——！」

雙手抱胸的実乃梨往後下腰，遭到波及的大河也跟著一起摔倒。能登快動作來到大河身邊，用手肘頂了大河幾下……

「嘿！老虎，很幸運吧！」

「什麼幸運！」

就連不是大河的人也想反問。春田也跪在大河旁邊，突然在她面前打開沖繩導覽……

「老虎～～唸一下這邊！」

「咦？雞、雞……！」

「喲～～！噗哈哈～～！喂，聽到了嗎～？我就知道妳會唸錯～～！」

春田翻出導覽「必買土產」特集裡的「金楚糕（註：沖繩知名甜點之一）」頁面捧腹大笑，看來大概是活得不耐煩了。下一秒鐘，竜兒看見大河的雙眼冒出血沫——不對，是充滿血色殺氣。

大河的右手抓住能登的大拇指，左手抓住春田的大拇指蹲下——「嘿呀！」能登和春田的身體彷彿中了魔法般在空中轉了一圈，背部著地之後便一動也不動，眼看是沒救了。瞬間解決兩人的大河抬頭大喊：

「金楚糕——！」

実乃梨咧嘴笑著說聲：「結束收工！」北村依然害羞地遮住胸部。

這是在幹嘛……竜兒跟不上一連串鬧劇，狀況外的他只能茫然佇立，不由得望著眼前的実乃梨。

他的心情彷彿悠閒過橋的途中，突然低頭看向腳下木板縫隙，不小心窺見底下的濁流。

竜兒突然想起沒必要的事——

大家開心很好，像平常一樣有精神很好。可是実乃梨為什麼能夠以一如往常的爽朗模樣出現在被甩的我面前？

難道那件事對実乃梨來說，是只要兩個星期就能夠忘記的瑣碎小事嗎？

「……」

喘不過氣。

似乎注意到竜兒的視線，実乃梨也抬起頭來。四目相對之後，実乃梨立刻露出「一如往常」的笑容，以朋友偶然視線交會時必然露出的笑臉，以開玩笑的聲音問道：「幹嘛看我？」

她似乎忘了竜兒剛才沒品又惡劣的無視舉動。

竜兒再度到達極限。他什麼也不能做，只能轉頭挪開視線背對実乃梨，一個人快步離開這群朋友。這個敏感到不像樣的被甩男，似乎只有躲進廁所這條路。

「啊、正好遇到你！高須，記得我嗎？」

往門口走去的竜兒注意到有名陌生男同學正在走廊探頭看向教室，並且對著自己揮手：

「耶誕夜的學生會舞會上，我穿著熊布偶裝——」

「啊啊，喔、當時多謝了……」

想起來龍去脈的竜兒走近那位男同學。耶誕夜那天晚上，竜兒想換穿耶誕老人裝前往大河家，可是遍尋不著之後，於是向穿著熊布偶裝的男同學提議交換，用西裝換來那身熊布偶裝。只不過後來發生了不少事，竜兒不禁把這件事忘得一乾二淨。他連忙鞠躬道歉：

「抱歉，我完全忘了要還你布偶裝，還麻煩你特地過來，謝謝。」
「不要緊，那個布偶裝只是派對用的東西。而且我媽說這套西裝很貴，要我盡快還你。」
「啊啊，還特地送去洗衣店……真是非常感謝，不好意思。」
竜兒接過裝在洗衣店袋子裡的西裝，不斷鞠躬。真是糟糕，必須在今天之內把熊布偶裝送去洗衣店，洗好還他才行。
「還有一件事。這個你擺在口袋裡，忘記拿出來了。少了這個應該很傷腦筋吧？我後來才發現，不過卻找不到你。」
「啊……」
對方有些不好意思地遞過包裝精美的小盒子。一股電流在看見的瞬間竄過竜兒腦中——那是打算用來對実乃梨告白的耶誕禮物。
竜兒一邊接過禮物一邊說道：
「不、不要緊，這是……那天不需要的東西。」
搖頭的同時在心中低聲補充：沒錯。的確是不需要的東西，就算拿著也沒機會送給她。
「這樣啊……啊——太好了！我本來還有點害怕過來找你，擔心你和傳說一樣，是個不良少年。可是村瀨說你是個很普通的好人，叫我不用擔心。原來他說的話是真的。」
低下頭的竜兒露出似笑非笑的表情。自己的確不是不良少年，不過也不一定是好人。無視甩了我的人——會做出這種事的人，稱得上好人嗎？雖然大家早就知道我的心胸狹窄。

再次問清楚村瀨朋友的名字，向他保證一定會歸還熊布偶裝之後，目送對方離開的竜兒一個人站在門口。

手中的盒子裡裝著髮夾——那是他在飾品店裡面對店員小姐的害怕神情，煩惱了兩個小時之後才買下。

竜兒雖然有點在意一千多圓的髮夾似乎有些寒酸，但是也不希望還沒交往就送她誇張大禮。他還記得期末考時，実乃梨嫌瀏海礙事而綁起的模樣。他也考慮過送鉛筆盒或小錢包，但是比起強調實用性的東西，竜兒更想送她閃閃發亮的美麗髮夾。即使價錢不貴，他仍然想送個適合耶誕夜的美麗禮物。

竜兒心想：丟了吧。就是現在，丟了它。

這是他下意識的本能反應。竜兒不願意將充滿痛苦回憶的耶誕夜紀念品，擺進自己的口袋裡。沒有多想什麼的他正打算把盒子丟進垃圾桶時，突然停手「嘖！」了一聲，粗魯撕破不合時宜的耶誕樹插畫包裝。就連這個時候都不忘垃圾分類的竜兒打開盒子，拿出仔細包裝的髮夾，將不需要的盒子連同緞帶一起揉爛丟進可燃垃圾桶。過度包裝真是令人火大。

竜兒的三角眼緊盯手上那個屬於不可燃垃圾的髮夾。波浪形銀色髮夾上，綴著幾顆透明、金色、橘色的晶亮玻璃珠，像是描繪水滴彈跳的模樣閃閃發亮。

竜兒覺得眾多顏色、形狀之中，就屬這個最適合実乃梨。他由衷地希望她在上課時、社團活動時、打工時都能戴上這個髮夾，而且每次戴上都能想到竜兒。當他每次看到実乃梨戴著髮夾，就會感覺彼此的心靈相通。

如今髮夾已經送不出去，也派不上用場了。正當他準備丟進垃圾桶時——

「小高高快救我！～！你看這裡，老虎咬我的證據！牙印！」

「誰教你一直囉哩囉唆要我說什麼金楚糕金楚糕金楚糕金楚糕！你這隻長毛蟲到底想幹什麼！看我消滅你！要是不趕快用火燒了你，地球將會陷入危險——！」

和大河吵吵鬧鬧的春田像個愛告狀的小鬼，一頭撞上竜兒的背，大河也追在他的背後，兩個人同時注意到竜兒手中的髮夾。春田搶先開口：

「咦？那是什麼、那是什麼？怎麼了？」

大河也忍不住小聲「啊！」了一聲。她聽竜兒說過買了髮夾準備送給実乃梨。大河斜眼瞄了垃圾桶，看到充滿耶誕節氣氛的禮物包裝，更加確定竜兒手上的東西代表什麼。平常總是粗心大意的大河，唯獨這個時候眼睛特別銳利。

「這個……該怎麼說……可以說是不要了……」

「咦～不要了嗎？那給我～～！我總覺得自己的瀏海很礙眼！」

什麼也不知情的春田接過髮夾，夾在瀏海上搔首弄姿說聲：「好看嗎？」事情的發展完全出乎意料，愈發傷心的竜兒只能望著噁心又難看的春田——

「還——還來！」

「啊痛痛痛～～！喂，妳幹什麼？」

「廢話少說，還來！還來還來還來！還來！」

大河跳上春田背後抓住這個高個子笨蛋，打算強行奪回長髮上的髮夾。「呀啊～～！」纏在髮夾上的頭髮遭到用力拉扯，春田忍不住發出慘叫。竜兒連忙想要阻止大河——

「那個是竜兒的東西！快點還來——」

就在班導拿著點名簿現身的同時，拔掉春田頭上數根蠢毛的大河終於搶回髮夾。

「燒光了！」

2年C班全體學生茫然看著講台上單身（30）戀窪百合略帶尷尬的微笑，不太明白這是什麼意思。

在喊完新學期的第一次起立、敬禮之後，「來，各位把同意書交上來！全部往前傳！」很有精神地收齊校外教學同意書交給班導的班長北村，也忍不住「啊？」了一聲停下動作。

「謝謝！謝謝！」單身（30）暫且收下北村收好的同意書，整理之後快速收進信封，與

點名簿一起夾在腋下，用一副有什麼事難以啟齒的笑容環視同學。欲言又止地噘起嘴巴，不知為何吞吞吐吐說道：

「真可惜燒光了。那個、不過校外教學並非停辦，所以說、那、那個，不要緊，按照預定計畫，好嗎？」

「老師，我們完全聽不懂妳在說什麼，請說得明白一點。」

聽到北村理所當然的疑問，單身（30）決定放棄模糊焦點：

「飯店！」

作好心理準備，用老師的嚴肅語氣大聲說道：

「我們校外教學原本預定入住，位於沖繩的飯店！因為過年期間失火，全部燒個精光！沖繩沒有其他能夠容納二年級全體一百六十八人的飯店！所以我們不能去沖繩了！但是！校外教學還是要辦！改成三天兩夜雪山滑雪之行！哇啊，真是太好了！」

咦咦咦咦咦咦咦咦咦～～～～～～！

——兩側的隔壁班教室也在差不多同一時間傳來淒厲的慘叫。「咦～～！」、「啊～～！」已經分不出是哪個班級發出的絕望叫聲，撼動教室的天花板。

「不會吧！真的假的？」

「糟透了！真的真的真的糟透了！」

「唔哇啊啊啊！我的第一次搭飛機！第一次沖繩旅行啊啊啊！」

「為什麼要挑天氣正冷的時候去山上？故意的嗎！」

大家冷靜一點——單身（30）連忙打圓場：

「滑雪也很有趣啊！細雪紛飛的滑雪場！銀白色的雪景！兩人滑出心型雪跡！然後大家一起吆喝～～！」

「才不要！太悲慘了！這可是一生一次的高中校外教學喔！」

「別開玩笑了！我絕對要去沖繩！就算延期也行，給我沖繩！」

「沒錯沒錯！誰要挑冬天去山上啊！大家一起抵制！」

全班用熱烈掌聲同意激烈的意見，但是單身（30）瞄了一眼腋下的信封：

「我已經收到大家的同意書……表示你們都同意……」

班導使出大人的狡猾手段，學生不禁發出哀號。

原本幹勁十足，還買下沖繩導覽的春田趴在書上哭。「堅決抗議！沒常識！」看來北村也想去沖繩，對著講台上的班導提出反對意見。「別開玩笑了！」「這算什麼！」「嫁不出去！」「三十歲！」女同學也對班導口出惡言，就連隨時都能去沖繩的大小姐大河也拍著桌子表示抗議。

面對如此激烈的抵抗，可憐的單身（30）也露出困擾的表情說道：

「又不是我放火燒掉沖繩的飯店。」

沒錯——吵鬧的眾人之中，唯一的異世界居民竜兒突然睜大爬蟲類雙眼。燒掉飯店的不是單身（30）。真要說起來，那個人應該是我。

竜兒是認真的。對學校發出「燒個精光吧！」的詛咒，超越時空殃及遠在沖繩的飯店。

竜兒在心中對著不斷流淚抗議的同學道歉。雪山的鬼哭神號冰風暴，比沖繩耀眼的太陽更適合此刻的竜兒。雖然過意不去，但是詛咒能夠成真實在太好了。竜兒不想面對藍天大海，而且根本沒有心情在陽光底下開懷歡笑。

烏雲蔽日、大雪紛飛、汗濕的內衣、臭死人的滑雪裝、熊、雪崩、密室殺人……這樣正好。不為人知的幽靈船鐵達尼號，高調鳴響咒怨的汽笛，幽靈船員暗自竊喜。這樣真的比較好。話說回來，校外教學已經不再重要，隨便是要監禁在寒冷雪山裡、在下水道迷宮捉迷藏，還是陰曹地府一日遊都好。一輩子一次的高中校外教學？關我屁事！

「可惡——！為什麼亞美今天剛好遲到！」

「要是亞美在場，絕對不會坐視不管！」

「亞美一定會幫大家爭取！」

這麼說來，黑心模特兒川嶋亞美直到現在都還沒出現。「亞美！亞美！」男同學們開始對著空中大吼，期待亞美現身幫忙。可是單身（30）在此時補上最後一擊：

「川嶋同學到夏威夷工作，因為趕不上預定回國的飛機，所以今天請假。我想她已經去膩南國島嶼，一定會贊成雪山吧？嗯！」

「怎麼可能——！」

數十個人齊聲吐嘈。面對如此一發不可收拾的情況，單身（30）放棄抵抗，只是背對同學拿起粉筆在黑板上寫下幾個大字：

也就是——「人生不可能盡如人意！」

＊＊＊

「啊！」

竜兒不禁驚叫出聲，發現四周看來的視線連忙閉嘴。搞什麼，那傢伙不是回來了嗎？書架那頭的修長身影的確是川嶋亞美。

竜兒一個人外出購買晚餐材料時，天已經快黑了。在刺骨寒風的吹拂之下，商店街裡人來人往，大家都趕著回家。

竜兒在進超市之前，先前往連鎖書店逛了一下，因此在店裡發現過度醒目的身影。

她正站在女性雜誌架前，比身邊其他人高出一個頭，頭卻比任何人都小。雪白臉上掛著閃耀ARMANI標誌的太陽眼鏡，鼻子到下巴描繪出絕美的側臉線條。潤澤長髮隨性綁起，同時露出柔嫩的脖子。身穿貴死人的羽絨夾克，下半身是刷舊牛仔褲塞進靴子裡。雖然沒穿高跟鞋，腿依然長得嚇人。這身襯托天生麗質的簡單時尚打扮，以及手上自然提著CHANEL鍊包的姿態，全身散發「這裡有美女喔！」「我是模特兒喲！」的氣息。

久違的亞美美大人今年還是老樣子，可是自己不知如何開口，決定默不作聲往後退。

去年在耶誕夜舞會和亞美分開的場面，也是相當尷尬。亞美似乎受夠自己的愚蠢，一個人回家了。大河也在他沒注意時變成孤伶伶一個人，只有自己才會像個小鬼，以為世界將按照自己的想法轉動——當天的自己的確蠢到極點，加上當時發生太多事，因此他也沒辦法叫住離去的亞美。竜兒不由得認為，亞美會受不了也是理所當然的事。

老是說些自以為是的話，但是亞美一定早就預見現在的結果、早就知道他的愚蠢將會導致什麼下場，所以才會感到厭煩。亞美的話總是很傷人，自己也曾經加以反駁，但是會覺得受傷，大概正是因為亞美說中事實。

「……！」

竜兒嚇了一跳，臉埋進正在閱讀的料理書裡。

亞美從女性雜誌區往這邊走來。聽著iPod的她似乎沒注意到竜兒。

感到難為情的竜兒，事到如今更沒辦法抬頭打招呼，只能僵在原地。沒想到亞美逐漸往料理書區走來，準備伸手拿起竜兒面前的雜誌——《鬆軟溫暖系列 糙米便當》。

「抱歉……啊。」

——竜兒尷尬地眨了眨眼。

亞美打算抽出雜誌時，因為CHANEL包撞到竜兒的手而弄掉雜誌，亞美正準備道歉時才發現竜兒的存在，「啊！」一聲之後便緊閉嘴唇，看不見位於太陽眼鏡後方的表情。

「勸妳別看……《鬆軟溫暖系列》根本不實用。」

竜兒的聲音有些尷尬，盡量保持平常心說話。

「啐！」

不過亞美在認出竜兒之後不禁嘖舌，把手上的雜誌放回架上，露出一臉不高興的模樣。

「喔……」

露骨的厭惡表現讓竜兒忍不住失聲。亞美正要轉身離開，CHANEL包的鍊子卻鉤到跑出竜兒夾克口袋的樸素手機吊飾。亞美用力轉身一揮，將包包誇張地抱在胸前說道：

「你想對亞美美的CHANEL做什麼！」

「我才想問妳想對我做什麼！」

竜兒看到太陽眼鏡後面的恐怖表情，不禁忘了自己的可怕長相，居然感到不寒而慄。周圍其他人因為美型模特兒與凶神惡煞男的爭吵看了過來，可是亞美不以為意：

「啊——煩死了……！你為什麼在這裡！快點消失好嗎？」

看樣子她果然非常討厭竜兒。竜兒也跟著扭曲表情：

「啥？妳說什麼！我才想問妳那是什麼態度！我、我可是——」

在耶誕夜那晚被櫛枝甩了！這句話還是說不出口。

「——倒楣到得了流行性感冒住院！燒到四十度還失去意識！妳竟然用這種態度對待可憐的我！妳到底有沒有良心啊！」

「誰知道啊！話說回來，高燒四十度？那麼……」

拿下太陽眼鏡的亞美用牙齒咬著鏡框、皺起眉頭、瞇細漂亮的雙眼皮眼睛，不發一語盯著竜兒的胯下。

「煩死了！我的遺傳基因還活蹦亂跳啦！」

竜兒交叉雙腿防禦亞美勝過一切雄辯的無言視線。不愧是青梅竹馬，亞美與北村的思想果然一樣下流。

「是喔……嗯，真是不幸中的大幸。再見。」

亞美將太陽眼鏡塞入牛仔褲後側的口袋，露出假惺惺的笑容之後冷漠轉身。

竜兒腦裡出現黑色的漩渦。怎麼會有這種女人……感覺真討厭，令人生氣。竜兒雖然早知亞美的個性惡劣，也知道她是性格扭曲的雙重人格，不過還是嚇了一跳。為什麼要用這麼蠻橫不講理的態度對待我？只因為她已經受夠我了？就算是因為這樣，會不會太過分了？

「等等！妳為什麼突然對我那麼凶？」

「唉呀～你希望我明說嗎？那我就告訴你～因為我討厭高須同學～」

「什……麼！」

簡單明瞭的坦白解釋，讓人想要誤會都難。竜兒不禁愣在原地，傻傻回望亞美：

「為……為什麼……？」

「幹嘛？別跟著我，你真的很煩。」

「……妳……居然那麼討厭我……」

「好痛！你幹什麼！我跟你說真的！」

過度震驚的竜兒神智不清，不知不覺伸出手臂，手上裝著錢包和手機的包包撞到亞美的屁股，因而遭到亞美狠瞪。眾人全都看著擋住書店走道的兩人，亞美還是指著竜兒說道：

「我就明白告訴你，我討厭笨蛋！」

聽到這麼直接的指責，竜兒沒有任何反駁，只能呆立在原地。就在這時候——

「噗……！『我討厭笨蛋』……噗噗噗！」

不遠之處傳來笑聲。竜兒回頭想看清楚笑聲主人的長相，卻看到那傢伙以事不關己的樣子不停發出「呵呵呵！」詭異笑聲。個子嬌小、將輕柔長髮蓬鬆綁在一邊、頭戴彩色毛線帽、身穿白色安哥拉羊毛外套、下半身是花裙子搭配靴子——那個人正是大河。

竜兒正想問句「為什麼妳在這裡？」之時——

「妳也太慢了！遲到十分鐘！」

「別計較那種小事。再說蠢蛋吉怎麼知道時鐘的看法。」

「誰不知道啊——！」

竜兒因為眼前亞美與大河的對話嚇了一跳。長久以來不斷反覆血腥鬥爭的敵人，居然會相約在市區的書店裡見面？

「好，這個14美元，這個40美元。」

「我想想……1美元大約等於一百日幣多一點，所以說……」

笨手笨腳的大河從貓臉錢包裡拿出幾張千圓鈔票，看著大河的竜兒不禁嘆息：

「……妳們兩人什麼時候感情好到會幫忙買禮物了？」

「什麼禮物，我可是有付錢給蠢蛋吉。只有1萬圓！找錢！」

「啥～～？拜託人家買東西時，一般都會準備好零錢吧～～？」

怎麼會有這種人～～？不斷抱怨的亞美拿出Dior長皮夾，結束兩人之間的金錢往來。之後又瞥了竜兒一眼：

「嘖！」

皺起美麗臉蛋嘖舌，全身散發「你為什麼在這裡？」的氣息。看到她的態度，竜兒也生氣了，腳尖瞄準桌子底下亞美穿著靴子的小腿一踢——「好痛！」不小心踢到大河的腳。「剛剛是你踢我？」見到大河一瞪，竜兒連忙轉向一旁佯裝不知。「就是你！」可是馬上就被大河識破，遭到狠踩幾腳回敬。

「歡迎光臨須藤吧～～！」打工的女大學生喊著讓正牌星巴克聽到會很不妙的招呼，店裡播放著爵士樂。

不明究理的竜兒被大河拖來，總之剛才還在書店的三人，現在一起坐在須藤咖啡吧裡的禁菸區。大河點了大杯咖啡歐蕾和鬆餅，竜兒喝綜合咖啡，亞美則是拿鐵咖啡。坐在大河隔壁的竜兒，實在是很難面對前方亞美煩躁的表情（因為她說我是笨蛋，所以討厭我）。

「……妳請亞美幫妳買了什麼？」

因此假裝對大河從亞美手中接過的紙袋有興趣，心裡還不忘關心金額——14美元和40美元，還在可以接受的範圍之內。

「小包包和涼鞋！雜誌上面說這個只在夏威夷販賣！嘿嘿，你看！」

大河邊說邊拿出草裙舞女孩圖案的防水包，還有天然素材的休閒涼鞋——

「啊……對了，結果現在派不上用場……唉——我本來很期待的。算了，反正夏天還是用得到。」

原本低頭喝著拿鐵咖啡的亞美聞言也抬起頭來，以不解的表情睜大雙眼：

「什麼？派不上用場？校外教學不是要去沖繩嗎？這樣剛好啊。我還特別去幫妳找這些東西，妳——」

「對了，蠢蛋吉還不曉得校外教學改成三天兩夜的滑雪旅行。」

「……啥！」

鏘！拿鐵咖啡的杯子撞到盤子。

「老師說飯店失火燒個精光，所以我們要被關在冷死人的雪山上。」

「什麼意思？真的假的？搞什麼鬼啊～～！不會吧～～騙人的吧～～？人家都買好去沖繩要穿的短褲T恤了～～！再說三天兩夜不會太短嗎？還要我們滑雪？這個行程真爛！」

「抱歉……」

「高須同學為什麼要道歉？」

「你為什麼要道歉？」

竜兒沒有回答兩人的問題，逕自看向遠方喝著綜合咖啡。討人厭的我如果說出：「飯店是因為我的詛咒而燒光。」不曉得會遭受什麼對待。總之竜兒深信燒了飯店的人就是自己。

啐！亞美舉起雙手，在這幫人面前不需要戴上做作女面具，口中盡情吐出惡毒的怨言：

「啊～煩死了，開什麼玩笑……爛透了！為什麼校外教學要去滑雪？真搞不懂這是什麼意思！不想去了！真是煩死了煩死了！啊啊，乾脆說有工作請假好了～！」

「……妳要請假請自便，不過蠢蛋吉，有件和校外教學有關的事要和妳談談。」

大河以認真嚴肅的模樣探出上半身，結果連身洋裝胸前的緞帶尾端浸入咖啡歐蕾裡。

「喔！」竜兒連忙把緞帶救出來。

「我是為了說這件事，才特地把妳找出來。既然竜兒也在場，正好可以一起聽。」

如此說道的大河還瞄了竜兒一眼。竜兒不懂她的意思，一邊幫泡過咖啡的緞帶進行緊急處理，一邊眨眨眼。總之為了不再發生同樣的意外，竜兒把裝有咖啡歐蕾的杯子挪開，絲毫沒注意到亞美正以受不了的眼神看著他的一舉一動。

大河稍微瞇起眼睛，以冷靜認真的聲音對亞美說道：

「雖然不是去沖繩，不過校外教學就是校外教學，是能夠留下回憶的重要活動。所以蠢蛋吉，我趁這個機會和妳說清楚，如果妳要參加校外教學，請不要黏著竜兒。」

「……啥？妳應該叫他不要黏著我吧？感到傷腦筋的人可是我耶！」

亞美抱著CHANEL包，以打從心底感到厭惡的眼神瞪視竜兒。不過竜兒的反應是——

等等，又不是我要大河說的，妳瞪我也沒用，我根本不曉得大河的用意。於是竜兒喝下一口綜合咖啡，企圖緩和一下情緒。

「竜兒喜歡小実。」

「噗喔喔！」

「竜兒髒死了！」

咳咳！咳咳！竜兒拿起小毛巾擦過嗆到的嘴邊，淚眼汪汪仰望大河：妳在說什麼啊！

「嗯……」

前方的亞美彷彿找到食物的可怕毒蛇，抬起漂亮臉蛋，揚起塗過唇蜜而閃閃發光的嘴角。這是她今天，或許該說今年第一次愉快地閃耀雙眸，觀望事情發展。說她是蛇真是太失禮了，應該是惡魔才對。嗆到滿臉通紅的竜兒以地獄惡鬼的神情，戰戰兢兢看向亞美。

「然後小実也喜歡竜兒。」

「嗯……」

「喔？等……等等！那只是妳個人的想法！」

「你閉嘴。我的想法絕對沒錯，我很清楚。可是因為許多因素，兩個人無法順利在一起。所以我決定不讓任何人干擾他們，當然也包括蠢蛋吉在內。」

亞美看著大河的臉，用湯匙撈起奶泡舔了一下，還斜眼確認坐在大河身旁的竜兒表情。

「原～來如此。嗯，妳說的話我明白，不過……為什麼要突然說這些？」

「竜兒在去年耶誕夜被小実甩了！」

別說啊啊啊！竜兒扭動身體張嘴大叫，但是現場沒有人注意到竜兒的苦悶。

「……真的嗎？」

「嗯！被甩了！」

亞美不由得眨眨眼睛。隔壁桌的社會人情侶也轉頭看向這邊，店長須藤先生也從櫃檯抬頭看著竜兒。被甩了！誰？那個男生！那個長相恐怖的男生！像不良少年那個！真可憐！毫無顧忌的對話從四面八方揪住竜兒的心臟。

太大聲了，你們的聲音太大了——竜兒真想一頭溺死在綜合咖啡裡。他蒙著臉趴在桌上，還是用最後的力氣抬頭說道：

「正確來說！是我去年耶誕夜準備向櫛枝告白時，她就用『不要告白』拒絕我！」

竜兒自暴自棄地攤開雙手、張大眼睛對亞美說完之後，便「唔啊啊……」抱著頭決定放棄抵抗。

可惡的大河，自己被実乃梨拒絕固然是事實，但是有必要到處宣傳嗎？為什麼不當成什麼事也沒發生，選擇遺忘它呢？居然讓不相關的人知道，而且那個人還是川嶋亞美！

「喔——這樣啊……」

聽到亞美蘊含滿滿毒氣的甜美鼻音，竜兒再次抬頭。她準備好好嘲諷我這個惹人厭的笨蛋了！要說就說吧！反正我早已傷痕累累、滿身瘡痍，再多一兩處傷口也無妨。

可是亞美的視線卻離開竜兒的臉，想笑又笑不出來的嘴唇變成ㄟ字型。亞美用拿鐵咖啡的杯子遮住嘴邊，低聲自言自語：

「……終於受重傷了。」

她的視線不曉得為什麼不是對著竜兒，而是看往大河。雙手捧著咖啡歐蕾的大河注意到亞美的視線：

「校外教學是竜兒與小実能夠坦誠相見的最後活動——我認為是個好機會，所以不希望任何人干擾……明白嗎？」

大河接著看向竜兒說道：

「如果去沖繩更好，不過現在沒資格要求這麼多了。『人生不可能盡如人意！』不管是不是寒酸的滑雪之旅，這是確認小実真心的最好機會，也是最後機會。明年就要根據志願分班，竜兒打算念理組吧？」

「……嗯，原則上。」

「小実是文組，所以明年就沒辦法和小実同班，到時候大家還要忙著準備升學考試。同班都會被甩了，更何況是分班？所以這次校外教學真的是最後機會！懂嗎？」

大河從極近距離瞪視竜兒，竜兒有些喘不過氣。明年就要分班——思春期的竜兒那顆瀕臨破碎的心，再度因為這項無法改變的事實而動搖。

時間過得真快，從與実乃梨同班而狂喜的那個春天到現在，和她的關係別說有所進展，根本是接近出局邊緣。竜兒正在考慮是該放棄還是繼續。

「所以蠢蛋吉！聽好了，請妳別再捉弄竜兒，或是纏著竜兒不放！」

「唉呀～～？亞美美什麼時候纏過高須同學了～～？」

「妳打出生以來就不斷緊緊糾纏竜兒！」

「有嗎～～？算了，反正不重要～～」

亞美故意露出做作笑容捉弄大河，突然壓低音量說道：

「——只要妳是真的打算這麼做。」

語畢的亞美戴上太陽眼鏡，遮住自己的眼睛。大河似乎完全沒有聽到她的話，面無表情吃下最後一口鬆餅。

不過亞美也不再重覆。她慢慢喝完水，看過手錶之後伸展身體，確認手機並且穿上羽絨外套、揹起CHANEL包：

「唉——真是愚蠢透頂～～我居然浪費時間聽廢話。我對你們無聊的戀愛故事一點興趣也沒有，要怎麼做請自便～～我差不多該回家了。因為時差的關係，我的反應都變差了。你們還要待在這裡？」

「不，我們也該走了。快六點了，竜兒要準備晚餐吧？」

大河說得沒錯。不管精神上受到多大創傷，家中重要支柱依然要在七點左右吃完晚餐出門工作。竜兒邊翻找零錢包邊起身，把咖啡的錢交給拿著帳單的大河。大河收下亞美遞來的零錢，一個人先去結帳。

就在竜兒繞過桌子，準備跟在亞美身後離開之際——

「喔！」

亞美突然抓住竜兒的衣襟抬高他的臉，就像近身吵架時被人強行拉住。身為女生的亞美用力抓住他，竜兒立刻打算甩開她的手。

「……如果受重傷的人只有你就好。」

「什麼意思？妳在說什麼啊！」

竜兒發現太陽眼鏡的後頭，亞美的大眼睛正在瞪著自己。

「反正你這個笨蛋不會懂。」

彷彿在笑的嘴唇帶著難以置信的不耐煩。

「你這傢伙果然惹人厭。」

「……」

竜兒因為被人以難看的模樣推開而跺腳，亞美靈巧轉身說聲：「先走囉～」便踩著華麗的台步走出店外。

——如果受重傷的人只有你那就好。

竜兒看著亞美離去的門口，無法發問。亞美的背影與耶誕夜舞會時一樣充滿怒氣。

竜兒想起惹得亞美生氣的原因，可能與舞會開始前亞美說的那番話有關。亞美嘲弄我和大河的關係是父女，実乃梨則是扮演母親的角色。她要我別再繼續，總有一天會受重傷……後來又要我忘了那番話。

要我忘記不可能，我也確實因為実乃梨的拒絕而受傷，可是——

如果這一切真如亞美所說，是我、大河和実乃梨在玩「辦家家酒」遊戲所致呢？

如果受重傷的人不是只有我，那麼還有誰？

「妳每次都不把話說完……！」

明知道我是笨蛋，為什麼不解釋清楚？竜兒忍不住唸唸有詞，眼睛離不開亞美離去的門口。妳既然比其他人都成熟、比誰都清楚，那就告訴我！不要一個人知道、一個人生氣、一個人離開！

妳要哪一天才會改得掉這種個性！

「蠢蛋吉回去了？你在幹什麼？怎麼站在這裡不走？」

結完帳的大河以不解的表情，仰望呆立原地的竜兒側臉。

＊＊＊

走出須藤吧，天色早已變暗。夜晚變得更冷，不停吹來的北風讓人幾乎快要停止呼吸。

「你不是還沒買東西？快去吧。」

「妳呢？」

「我要去車站附近。剪票口前面開了一家新的便當店。」

兩人站在沒什麼人影的商店街外面，汽車廢氣倒是不少的國道旁邊，沒有半點情調可言的T字路口。

「好冷！」大河在街燈下皺眉。從這裡可以看到遠處大橋的燈光。這條T字路向左走就是車站，往右走就是超市，也代表今晚他們將在這裡道別，下次說話是明天在學校見面時。

竜兒雖然有些結巴，還是想把該說的事說個清楚：

「……妳昨天說的機會，指的就是校外教學嗎？」

「對。你忘得一乾二淨了吧？」

「我真的忘了。先不和妳計較我和川嶋糾纏什麼的……沒想到妳居然為我想了那麼多，先說聲謝了。我還以為妳剛才只是單純把我被甩這件事，告訴沒必要知道的傢伙而已。」

大河一面拉攏外套前襟一面搖頭：

「跟蠢蛋吉說個明白比較好。再說我也覺得自己有責任。我不是說過，如果那天我沒有強迫小実，一定會出現不同結果。」

大河的嘴巴動了一下，緩緩抬頭仰望天空，找尋夜空裡的星星。

「……耶誕夜的事，妳知道小実是怎麼說的嗎？」

大河的自言自語，竜兒沒有插嘴的餘地。看向竜兒的大河瞇起眼睛微笑——她的表情看來像在開玩笑，也像在哭泣：

「『什麼事也沒有。』……說你為了情緒低落的她打氣，你的人真好。僅止於此，什麼事都沒發生……小実是這麼說，不斷反覆說著什麼也沒有什麼也沒有，然後笑了。」

「……也許她真的打算當成什麼事也沒有……」

「笨——蛋。」

街燈下的大河不再找尋星星，轉而看向竜兒。她以纖細的手指壓著被風吹動的頭髮，用力大聲說道：

「小実和你是兩情相悅，既然這樣就應該會很順利！」

竜兒看著自信滿滿如此斷言的大河，忍不住想問個清楚。現在問她應該會回答吧？

「我一直想問妳『小実喜歡竜兒』這個想法到底有什麼根據？別說妳光是看就知道。」

「你想知道？」

沒想到大河意外地坦然面對，她在街燈下偏著頭笑著回應。接著她滿懷自信地攤開雙手，彷彿是個即將表演魔術的魔術師，或是使出魔法的魔法師，毫不畏懼地看向竜兒的臉：

「既然如此，答應我一件事。你發誓不會自以為是地說些『啥？』『才沒有那回事！』『不可能！』我就告訴你。」

「……我發誓不說。」

竜兒舉起一隻手宣誓，等著大河施展魔法。大河滿意地點點頭，挺胸得意說道：

「好，我告訴你——因為我心中有讓我如此相信的理由。」

她的答案只有這樣。

竜兒一下子沒能跟上，正想說聲「啥？」才想起自己發的誓，連忙閉上嘴巴。

「也就是說，我相信『你』是小実會愛上的對象。只要這個理由就夠了。」

大河低下頭又抬起，並且露出笑容，彷彿準備把剛才的話當成笑話，順勢轉身說道：

「好了！明天見！」

大河一個人走向通往車站的路。在街燈的照射下，她走到一半又轉過頭，似乎想到什麼事情，以嚴肅的表情大聲說道：

「這麼說來，你今天的態度真是糟糕透頂！那是什麼態度？明天！可別再逃避了！如果你真的不想逃避！」

不等竜兒回答，大河再度轉身離開，不再回頭。有如小孩子般的嬌小背影，一下子就消失無蹤。

還留在原地的竜兒伸手按住胸口，用力狂跳的心臟證明剛才的魔法。

原本痛苦不已、滿是傷痕的心臟，只因為大河一席話就找回鼓動的熱情。大河既然那麼說——既然她說相信我，我應該就是值得她相信的人，或許自己還有點用。

竜兒也知道對他來說，大河的話是值得相信的。

竜兒因為這個小小魔法而重新有了勇氣，邁開步伐一個人走上夜路。這時吹來的強勁北風突然提醒他。

亞美如果看到這麼單純的我，或許又會以冷到可以凍死人的視線瞪著我：「你果然還是什麼都不懂。」

3

「早——安！」

聽見噁心到讓人差點摔倒的聲音，実乃梨趕緊轉頭。

寒冬之中的胖麻雀成群結隊，從一旁的杜鵑花叢飛到兩人腳邊，不曉得正在啄食什麼，一起在柏油路上邊啄邊繞圈。

「早——歐斯曼山康（註：Ousmane Sankhon，致力強化幾內亞與日本關係的前幾內亞外交官）！」

麻雀聽到実乃梨爽朗的聲音，也忍不住嚇得成群飛離。

溫度在冰點以下的晴天早晨，耀眼奪目的強烈陽光由湛藍天空灑下，照亮以敬禮姿勢微笑的実乃梨圓臉。

竜兒瞇起眼睛望著她的笑臉，拚命抬起想要低下的眼睛、動著快要閉上的嘴巴。要是現在逃開，那麼一切就和昨天一樣。

「那個，昨、昨天……真的很對不起。啊——呃……我似乎有點無視妳的存在……」

実乃梨等待竜兒說完笨拙的解釋，立刻開口說道：

「高須同學是怎麼了！真是的——不用道歉啦！」

露出雪白牙齒的微笑，有如隆冬盛開的向日葵閃閃發亮。実乃梨重新圍好格子圍巾，手指撥弄有些變短的瀏海，調整肩膀上沉重的運動背包，往前踏了一步：

「我想你可能是肚子痛吧！」

実乃梨或許並非真的這麼想，也很清楚竜兒想要逃避的原因、心情與尷尬。

「所以不用放在心上！」

即使如此，実乃梨仍然面露笑容，所以竜兒也對著她微笑。許久沒有面對面的兩人，之間的距離正好一公尺。

「……其實我真的有點肚子痛。」

「哇——喔，真是衝擊的告白！」

這不是做作的笑容、不是說謊、不是企圖掩飾，也不是欺瞞。

竜兒微笑面對実乃梨，是為了跨越傷痛前進。就算被甩了仍要繼續向前。如果因為被甩就裹足不前，那麼連放棄退賽的資格也沒有。我不想逃避。

因此我要笑著超越，等待風暴過後的場景。記得曾經在電視上看過同樣遭遇交通意外，小孩受的傷會比大人輕。因為小孩子的身體比較柔軟，即使遭到撞飛出去摔在堅硬地面，只要靠著柔軟的動作緩和衝擊力，身體受的傷就能減到最輕。柔軟正是保命的安全氣囊。

同樣道理——竜兒決定以微笑輕柔包容，盡可能溫和接受所有狀況。如果凡事認真看待，最後只會搞得自己粉身碎骨。

笑吧，高須竜兒；笑吧，櫛枝実乃梨。竜兒刻意放鬆臉部動作——這種時候已經不用在乎自己的模樣。即使実乃梨看到竜兒的臉而驚呼後退也無所謂。笑吧，年輕人。

不逃避的微笑比什麼都重要——對吧，大河？竜兒望著藍天想像大河生前的模樣。我還沒死……頭上頂著甜甜圈光環的大河笑著回答。

至於現實中的大河──

「小──実！早──！」

大河完全無視竜兒的存在，在亮著紅燈的斑馬線另一頭「YO──YO──！」向她揮手。実乃梨揮舞雙手回應：「YO──YO──YO──！」大河立刻以不協調的動作揮舞四肢回應。在大河身後等紅綠燈的年輕上班族，正在以不太舒服的表情偷看大河的笨拙舞蹈。

丟臉的傢伙──竜兒忍不住想嘆氣。「YO──YO──YO──！YO──！」実乃梨卻突然變得精神百倍：

「YO、YO、YO！早安、早安、YO！早、安YO、安、YO！早安早安、YO！啊喔！」

只見肩膀上的背包激烈晃動，單手按著只有她摸得到的耳機，刷著只有她看得見的唱片，以假聲炒熱只有她看得見的現場：「早、安！啊──嗯！」

「小実，妳在幹什麼？好奇怪喔──！」

馬路對面的大河失笑出聲，背後的上班族以不舒服的表情悄悄看向実乃梨。當他注意到実乃梨身邊的竜兒那張彷彿是遭到詛咒的佛像工人，用沾血鑿子雕成的修羅鬼像，忍不住緩緩轉開視線。竜兒會露出這張表情，不是因為「你幹嘛用那種眼神看我的櫛枝，我殺、殺、殺了你！」純粹只是被ＤＪ実乃梨嚇到。

「別鬧了，櫛枝……妳們實在太丟臉了，我先走一步。」

「為什麼──！一起走嘛！」

「不要。妳和大河太興奮了，我跟不上妳們。」

昨天無視的尷尬姑且算是化解了。好，這樣就好──如此心想的竜兒打算快步離開。

「啊！小実！竜兒要逃走了！抓住他！」

大河在馬路另一頭叫喚。抓住我要幹嘛？不只竜兒這麼想，実乃梨也有同樣疑問：

「咦？抓住他！」

「對！」竜兒和轉頭的実乃梨四目相對，反射動作轉身。実乃梨也以反射動作伸手抓住逃跑的竜兒──冰冷的手和手碰在一起，実乃梨的手抓住竜兒的手。

「──！」

兩手交握僅不到一秒鐘的瞬間，忍不住跳起來的竜兒嚇得發不出聲音，有如被雷劈中的衝擊從指間竄到尾椎骨，不過先放開手的人是実乃梨。

她好像叫聲「哇啊！」還是「呀啊！」手指彷彿被靜電電到，頓時失去力氣。另一隻手把好像燙到的手抱在胸前，滿臉通紅瞪著竜兒，以生氣的模樣緊閉嘴唇。接著──

「唔喔喔！混帳東西，別小看我──！」

隨著一聲嘶吼，再度伸出手。

「抓——起來——！」

雖然叫得很大聲，卻只抓住立領學生服袖口的邊緣，只要竜兒一舉手就能擺脫，可是竜兒保持原本的姿勢不動……正確的說法是他驚嚇過度，動彈不得。

交通號誌也在此時轉為綠燈，大河小心翼翼地看過左右才跑過馬路。她先看向被実乃梨抓住袖口的竜兒，再看著実乃梨笑道：

「被抓到的人拿東西——！」

「啊！」

大河把包包拋向竜兒，竜兒隨手接下依循拋物線掉落的物體。「耶！」大河指著竜兒跳個不停，一個人輕鬆地張開雙臂：

「中計了、中計了！我先走了！」

就這麼任由裙子飛舞，愈跑愈遠。

「先走……大河到底在搞什麼！啊……？這給我幹嘛！真的要我幫妳拿？」

手裡大河的包包雖然不重，竜兒還是有點不甘心。又叫我狗又叫我蟲，現在甚至連包包都要我拿，這真是——雖說這樣就能和実乃梨一起上學，可是應該還有其他方法吧？

竜兒不禁啞然目送遠去的背影。

「……妳也有責任。為什麼抓住我？」

看向身旁的実乃梨，実乃梨也呆立在原地。

「大河那傢伙……大河那傢伙……大河那傢伙……」

口中唸唸有詞的她突然像隻全身溼透的狗一般抖動身體、睜大眼睛，以超人變身時才會擺出的帥氣姿勢單手畫圈收回胸前：

「沒事，這種小事算不了什麼，完全沒問題。來！給我一邊的提帶吧！」

「……一邊的？提帶？」

「就是這樣！」

実乃梨抓著大河包包兩條提帶的其中一條，包包在兩人之間晃來晃去，竜兒與実乃梨有如共提一個購物袋的小孩子。

「這樣就可以了……真拿大河沒辦法，到學校再好好教訓她。」

実乃梨望著竜兒露出微笑。兩人如此靠近，宛如桃子般的臉頰和頭髮的香氣都讓竜兒全身為之僵硬。

「你說對吧？」

「……對！」

基於情勢所逼，竜兒也跟著怪罪大河。

「喔，暫停。」兩人正打算往前走，実乃梨才從口袋拿出手套戴上，沉默地交握雙手。

「好！走吧！」再度拎著單邊提帶往前走。

突然面臨這種情況，竜兒就算想逃也逃不了。不，事到如今不能逃跑。既然自己不打算逃，就必須想個不做作的話題……啊，有了有了。竜兒邊走邊傻傻計算開口的時機。

「嗯？你打算攻擊我的秘孔嗎？」

「不是。頭……頭髮變得比較清爽了。」

竜兒終於開口。

「OH, YES.我本來還想剪更短，可是髮型設計師說：『櫛枝小姐的頭骨比較寬，還是不要剪太短。』她還說我的髮質偏硬，一剪太短頭髮就會亂翹、頭也會看起來很大。聽到她這麼說，我也不敢剪短了。」

用側臉對著竜兒的実乃梨一邊吐出白霧，一邊以遺憾的樣子低聲說道：

「本來想剪荷莉貝瑞那種短髮，真的很想。該怎麼說？那種感覺……很男生！很有男子氣概！很香菇！不對，很科技！也不對……」

「……妳很適合短頭髮。」

実乃梨抬頭凝視竜兒的臉，微笑說聲：

「對吧。」

接著用戴著毛線手套的手撥一下頭髮：

「小學的我，頭髮一直都很短，短到就像光頭一樣。都是和弟弟一起去男士理髮店，真的是男生才會去的理髮店，坐在店裡用剃刀剃。所以我以前的綽號叫做『Mr. Lady』。」

「是喔……真不錯……Mr. Lady……這麼說來，弟弟？我記得他是高中生，而且也打棒球……對吧？」

「嗯。小我一歲，現在念的高中是經常進軍甲子園的棒球名校。雖然還不是先發選手，不過明年或許有機會站上甲子園的投手丘。那傢伙可是投手。」

「這樣啊，我都不曉得他這麼厲害。妳應該很引以為傲吧？」

「該怎麼說——應該說我很嫉妒他。唉——少棒時還是我比較厲害，現在姊姊變成不能剃光頭的墨西哥人（註：日文發音接近『娘娘腔』）。」

「不能剃頭也沒關係吧……？話說回來，什麼墨西哥人？跟墨西哥人有什麼關係？」

「喔喔，沒想到高須同學說話這麼冷，頭上冒靜電！」

「還不是妳用手套去弄頭髮。」

竜兒一面回應，一面斜眼看著頭髮倒豎的実乃梨。從圍巾縫隙看見纖細脖子的竜兒不禁心想：「其實短髮也不錯啊。」

這才發現自己不用刻意也能露出笑容、能夠待在実乃梨身邊一起拎著包包走路。竜兒覺得自己已經用雙手收回破碎的心，像捏飯糰一般用力捏緊，讓它再此以心型姿態閃閃發光。

竜兒心想，無論失敗幾次我都願意重來，我已經能夠留下不逃走。只要保持這樣下去就好了。就當什麼事都沒發生，再一次從零開始。然後——對了，校外教學也快到了，到時候再趁機好好面對。

到時候或許真的有如大河所說，実乃梨會說出不一樣的答案。

竜兒如此相信——這時候的竜兒已經有正面思考的勇氣。

「好——了，咱們去找大河算帳！大河跑到哪裡去了？」

「不在教室。廁所嗎？還是置物櫃那裡？」

「就算整個學校翻過來也要把她找出來教訓一頓！漢堡高地！（註：Hamburrger Hill，描述越戰的美國電影）」

才剛到教室，氣喘吁吁的実乃梨便立刻開始尋找大河。竜兒有點嚇了一跳，不過還是幫著她一塊找。

竜兒正好與早就到校的亞美四目相對。正和麻耶、奈奈子等人圍在一起聊天的她，看見竜兒與実乃梨一同現身，於是瞇起雙眼轉頭看向竜兒。竜兒還沒弄懂亞美表情的意思，実乃梨已經早一步發現亞美：

「喔！亞美大姊，今年第一次見面！妳有沒有看到大河？」

「唉呀～早啊，実乃梨。我沒看到老虎，不過……應該說是『啊——』對吧？」

對吧，高須同學？

竜兒真想大步過去說聲：「妳說什麼！」然後「啪啪！」賞她兩巴掌。真不曉得這麼做會怎麼樣？雖然不能這麼做，竜兒還是很想動手。亞美到底想做什麼？而且亞美也沒有解釋「啊——」是什麼意思。

「『啊——』是什麼……？」

実乃梨雖然不懂那是什麼意思，還是感受得到亞美話中帶刺，不由得傻傻站在原地。滿腦子妄想的竜兒也同樣動彈不得。不過——

「唉呀～到底是什麼～～？是什麼呢？」

亞美與実乃梨之間的詭異氣氛有如陣陣漣漪，可是不知情的大河正好在此時走進教室。

「啊！發現大河！」這股漣漪也隨著大河的出現，消失在日常生活裡。

＊＊＊

當天下午的班會時間。

單身（30）將班會交由主席北村主持，獨自一個人專心閱讀厚厚的雜誌……仔細一看，那是在車站拿到的免費住宅情報誌。班上同學也是一片悠閒慵懶的氛圍，隨處可見吃飽午餐開始打瞌睡的傢伙。

「好～班會開始～請各位不要這麼懶散，睜開眼睛！」

站在講台上的北村雖然出聲指摘，但是也完全不見平常的魄力。

「今天，我們要針對各位期盼已久的～校外教學～進行分組～」

「誰期待了！」「北村自己也沒特別期待吧。」北村沒有理會台下眾人的反駁，只是在黑板上寫下歪七扭八的「4、4、8」：

「男生四個、女生四個，八個人一組！」

氣氛如此懶散的教室裡，只有竜兒一臉嚴肅地挺直背脊，態度像個劍客，外表彷彿用眼神恐嚇別人的小混混——總之只有他一個人有幹勁。這個班上的氣氛真是教人擔心。

校外教學對竜兒來說可是很重要的。想和実乃梨重新修復關係，只剩下這次機會了，可是班上同學卻各個不耐煩又無精打采，甚至可以聽見「乾脆建議停辦校外教學好了。」「誰想在冬天去雪山旅行啊。」之類的意見，看來大家真的不想去。早知如此就不要亂詛咒了！

「那麼開始分組～！請各位在班會結束前提出小組名單～」

聽到沒精神的北村悠哉下令，同學也紛紛離開座位：「真沒辦法，來吧。」「唉——找組員吧！」

「嘿，高須當然和我們同組，對吧！還有那個笨蛋！」

一點也不可愛的能登踏著碎步來到竜兒的座位旁邊，指著因為沖繩之旅夢碎、過度失意而陷入昏睡的春田。

「大師也和我們一起，對吧！」

能登指向講台，「別忘了加我～」北村也以學生會長選舉時的優雅動作向他們揮手。

「這樣就有四個人了，男生組搞定！」

竜兒望著開心的水獺臉，心裡感到有些慶幸。校外教學雖然沒有點綴回憶的藍天、大海、觀光行程，不過與朋友在一起就很開心。希望校外教學能夠得到豐碩成果，自己就要率先拋開一切盡情享受，與朋友一同歡樂。

抬起下巴的竜兒釋放殺氣……不，是展露幹勁，雙眼閃閃發光。他並非在模仿打算攻擊水獺的猛禽。

「好！再來是女生。」

也不是想襲擊女性的變態，只是熱切希望能與実乃梨同組。「嗯呵呵呵呵。」不懂竜兒心思的局外人能登也發出不可愛的笑聲，戳著竜兒的手肘說道：

「我們找老虎一組吧！真想看到北村和老虎同組！」

「你又打算幹這種事了……」

「這麼無趣的滑雪旅行，你不想有點戀愛的滋潤嗎？」

真是的……竜兒忍不住嘆氣，好不容易出現的幹勁也和二氧化碳一同消散。他希望大家玩得開心，卻不想附和能登的點子。因為能登是打算以半開玩笑的心態，湊合北村與大河。

竜兒當然希望大河與北村同組，這樣子大河也會開心，可是該怎麼說……「有必要讓一堆局外人刻意攪局」嗎？還是「想要刻意湊合他們，有我就夠了」？或是「能登這種貨色怎麼可能明白大河複雜古怪的性格與行為」？竜兒忍不住有了這些想法。

竜兒想對開懷大笑的能登說聲「你這個愛湊熱鬧的傢伙」、「雞婆」但是開不了口。

「校外教學雖然無聊，但是和妳在一起就很開心！」「啊～～我也是這麼想，小実～～！」稍遠處的実乃梨與大河臉頰親密地靠在一起，看來她們已經確定同組了。這也表示只要和大河同組，自然就能和実乃梨同組。我為什麼沒注意到這麼簡單的道理？只要靠能登的爛點子，我就能坐享漁翁之利了！

不過——

「……你這愛湊熱鬧的雞婆！」

「咦～～？你不覺得很好玩嗎？老虎如果和北村交往，那不是很棒嗎？北村也差不多忘了大哥，這對喜歡北村的老虎來說正是大好機會！」

「我是要你別多管閒事！」

這是兩回事——竜兒還是說出想說的話。

「高須真是……算了，話說回來，老虎和櫛枝只有兩個人嗎？剩下的兩個怎麼辦？不曉得能不能和亞美同組？如果可以就太棒了。」

一大早就說些莫名其妙的話，之後又一直無視我，還因為我是笨蛋而討厭我的亞美——竜兒以若無其事的動作環視教室，看到亞美所屬的美少女三人組正在吵吵鬧鬧。麻耶說聲「有什麼關係，好嘛好嘛，我們找他們一起！」亞美卻反對「咦～～？不會吧？」奈奈子則是興味盎然地看著兩人。其他遠觀的男生組圍在四周互相牽制，持續散發「好想和她們同組啊～～！」的氣氛，卻不敢對美少女三人組開口。

不不不——竜兒對能登搖搖頭：

「她們不可能跟我們一組，川嶋和大河的感情不好。再說她都和木原、香椎三人一組，這樣會多一個人。」

還有川嶋超級討厭我……關於這個部分還是省略不提。

「對喔！唉——本來覺得北村配老虎，我配亞美可是絕佳計畫！」

「胡說八道什麼啊！你也太厚臉皮了！」

「什麼厚臉皮，我要展開自由想像的翅膀，有什麼不可以？喂喂，櫛枝AND老虎！和我們一組吧！」

実乃梨與大河故意瞪著得意忘形揮手走近的能登說道：

「怎麼辦，大河？有男生看著我們、想和我們一組耶。」

「砍他一刀吧，小実？」

經過翻譯之後應該是ＯＫ的意思。

大河若無其事地來回看著竜兒與実乃梨，像是在說：「你和小実同組了。」竜兒也自然地指向講台，表示「妳也能夠和北村在一起。」就在此時，前方突然傳來一聲──

「喂──丸尾──！和我們一組！」

糟了！竜兒忍不住睜大眼睛。

「啊、好啊。」在竜兒等人沒注意時，麻耶開心走近站在講台上的北村。還不知道我們這邊已經邀請大河她們同組的北村，隨便點頭答應麻耶。這樣一來不就重複了嗎？

「咦？等等等一下──大師！」

能登也發現情況不對，連忙來到講台用手刀分開北村和麻耶：

「不成不成不成！分開分開！木原抱歉，北村大師與我們這組，已經講好要和老虎她們兩人一組了！」

「什麼？不會吧！」

麻耶以凶狠的眼神瞪向能登，彷彿在說：我根本不要跟你同組啊！對她來說，不管是竜兒、春田——只要是北村以外的男生都是不需要的。

「走吧，我們去寫分組名單。」能登強行摟住北村的肩膀，想早點把他帶走。「給我等一下。」麻耶連忙伸手阻止。

「你們那組有丸尾、能登、高須和春田同學，沒錯吧？」

原先一直和亞美袖手旁觀的奈奈子終於開口了。落落大方的聲音裡摻雜莫名魄力，讓能登不由自主停下腳步。

「既然這樣，我們是不是該問問其他組員的意見？春田同學，起來吧……起、床、囉。」

奈奈子嬌聲呼喚失去意識的春田。熟睡的模樣有如屍體、恐怕被大象踩到也不會醒來的十七歲睡豬春田逐漸恢復意識。

「春田同學……我們和她們，你喜歡哪邊……？」

「……啊嗚？」

春田的眼睛先看向奈奈子和亞美，然後看著麻耶，接著看往「她們」大河和実乃梨。

「……嗯～～妳們……」

春田受到奈奈子的吸引，忍不住向她走去。

「好，謝謝。你繼續睡吧……最好是一直睡下去……永遠……」

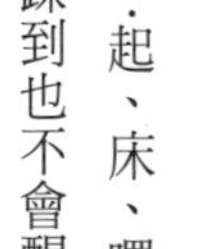

奈奈子在春田眼前轉動手指，直盯手指的春田跟著轉動眼珠，然後直接倒在地上。「奈奈子好厲害——」亞美輕輕點頭說道。「根本就是特異功能。」麻耶也跟著鼓掌。

「春田的腦袋只有蜻蜓水準嗎……？」

我們的朋友是蜻蜓？蜻蜓？能登難過地唸唸有詞，竜兒閃避能登的問題，伸手扶起可憐的春田。

「好了，這下子該怎麼辦？」如此說道的麻耶站在北村背後瞪視能登，能登也睜大眼睛回望。大河和実乃梨兩人似乎跟不上事態發展，一起露出困惑的表情。夾在中間的北村知道是自己隨意回答才會變成這樣，只能摩擦撐著眼鏡的鼻子，不停傷腦筋。

竜兒這時突然想到，麻耶雖然希望和心愛的丸尾——也就是北村同組，可是亞美呢？他偷偷窺探亞美的表情。和北村同組，意味著得要和她最討厭的笨蛋，也就是我同組。她該不會真的打算放棄一輩子一次的高中校外教學吧？

亞美似乎沒注意到竜兒的視線，或者刻意加以無視，雙眼始終看著麻耶。

「啊！等等！這樣不是剛好嗎！」

大受歡迎的北村突然發現一件重要的事，不禁放聲大叫：

「木原妳們是三個人對吧？然後櫛枝和逢坂是兩個人。我們班上有十六個男生、十七個女生，所以其中一組必須是男生四人、女生五人。這樣不就剛好嗎！問題解決了！」

「咦咦咦——！」麻耶忍不住大叫出聲。本來能夠正大光明和北村同組的她杏眼圓睜，皺起眉頭看著大河。對麻耶來說，北村爭奪戰的情敵原本是大哥，現在是大河。

另一方面，大河難得有機會和北村同組，卻沒露出開心的可愛表情。

「什麼～～？要和妳同組？超不願意的～～！啊，對了，只要実乃梨和我們同組就好，孤單的妳就當隻走失老虎，一個人到處晃吧～～！」

「蠢蛋吉才應該一個人來趟尋找伙伴之旅！啊，妳看妳看，那邊剛好有個和妳合得來的伙伴！」

「為什麼我和單身（30）同類！」

大河只顧和亞美逞口舌之快，完全沒注意到麻耶投來的奇怪視線。麻耶悄悄靠近誤以為是伙伴的竜兒，睜大眼睛看向他尋求認同：

「看來我們都會很辛苦，不過還是加油！可惡的能登！那傢伙真是……有夠礙事！」

「我就說妳誤會了……從去年一直搞錯到現在，我對大河沒有……」

「丸尾～～！我們一起去登記吧～～！」竜兒正想趁這個機會說清楚，不過麻耶早已走開。她用難以置信的積極態度追上北村的腳步。

嘆口氣的竜兒只能目送她的背影。

「妳們兩個又在吵架了！亞美——要當好朋友啊！」

「嗯，能夠和実乃梨同組，人家當然很開心♡多．餘．的．傢．伙．是．妳！」
「蠢蛋吉的搭檔正在拿紅筆在雜誌上做記號喔。妳應該過去給她一點意見吧？」
「就說為什麼我的搭檔是單身（30）！」
她們又恢復以往的吵鬧——竜兒聽著大河、亞美和実乃梨的對話。搞什麼，大家都和之前一樣。亞美和実乃梨之間看不出來有什麼變化，讓竜兒不由得鬆了一口氣。

＊＊＊

呵呵呵——
「……？」
竜兒在夢裡聽見女孩子的笑聲。
在笑聲餘韻中，裹著毯子的竜兒緩緩睜開沉重的眼皮。幾點了？看過時鐘才嚇了一跳。早上九點。不過今天是星期日，繼續睡也沒關係。雖然晚點有約，不過距離集合還有一段時間。
就在再度閉上眼睛的竜兒正要鑽進毯子裡——
「……看他的樣子就知道一定沒發現……」

「啊，又睡著了……」

什麼？

竜兒以撕裂眼角的力道用力睜開眼睛。不是因為身為魔王的前世記憶覺醒，而是他確實聽見附近有人說話。

窗簾被人打開大約十五公分，從那道細縫看不見早晨陽光，只能看到大河寢室的窗戶，而且那裡有兩張臉——

「……喔！」

「啊，起來了起來了！」

「不好！被發現了！」

竜兒起身打開窗簾確認之後差點昏倒。他趕緊極力保持鎮定，迅速關上窗簾。

剛才那是、剛才那是、剛才那是、剛才那是……唔喔喔！竜兒瞬間清醒，剛才看到的是真實，不是夢。

「竜兒！不准逃避現實！起來！」

「喂喂——大河，他看起來還很想睡，這樣太可憐了。」

大河和実乃梨兩個人一起從窗簾縫隙觀賞竜兒的睡姿——正好竜兒今天身穿滿是毛球，也是所有睡衣當中最會起毛球的那套睡衣。最糟糕的是偏偏挑在這個時候——

「……咦……剛剛聽到大河妹妹的聲音……」

——平常的此時照理來說仍在熟睡的親生母親泰子正好從廁所出來，以殭屍的姿勢搖搖晃晃來到兒子房間，「走開，別過來。」無視兒子的阻止還爬上兒子的床鋪，猛然打開特地關上的窗簾和窗戶。

「啊～～☆果然是大河妹妹～～☆還有第一次見面的朋友～～☆」

泰子還對偷窺雙人組揮手。

「泰泰早安！小実，這是竜兒的媽媽。」

「您好！啊嘻呀！我是櫛枝！啊嘻呀！沒想到會見到高須媽媽！啊嘻呀！蹦叭嘿！啊嘻呀！蹦叭嘿！啊。」

「小実，妳的腦血管斷了喲。」

今天早上的泰子確實可以用野人來形容——以定型噴霧弄得硬梆梆的捲髮如果沒洗掉便倒頭就睡，一定會翹起半邊。幸好妝已經卸掉了。泰子晃動有如柔軟麻糬的粉嫩臉頰傻笑，不停抽動鼻子：

「嗯啊～～小～～竜，泰泰好冷～～」

「誰教妳把窗戶打開！穿件衣服……咿……啊啊啊……！」

兒子這才被泰子的打扮嚇到。原來泰子是以強調巨乳的胸罩加上毛內褲的打扮出現在思春期兒子的床上悠哉傻笑。「不行！這樣下去看起來根本就是一對變態母子！」竜兒連忙再次關上窗簾，可是——

「啊，對了～大家一起吃早餐吧～☆小竜做的早餐～☆」

唰！上半身只穿胸罩的泰子推開兒子拉開窗簾。「啊——嗚！」亢奮的実乃梨發出詭異聲音，竜兒不禁打從心底覺得丟臉。

「泰泰不行，我們已經準備好早餐，正準備要去吃。」

「咦～是喔～？泰泰好寂寞……」

和実乃梨一起把手肘撐在窗台上的大河鼓起臉頰微笑：

「我們特地提早集合一起吃早餐。對吧，小実？」

「對。所以待會兒見了，高須同學。」

沒錯，校外教學的組員今天約好中午在大河家集合。每組依照規定要製作旅遊手冊，因為必須用到電腦，所以沒辦法在家庭餐廳集合。只是沒想到大河居然願意提供自己家擔任集會場所。也因為如此，実乃梨才會特別提早過來。

那麼——竜兒用若無其事的動作遮住泰子，用窗簾擋住自己的毛球睡衣：

「……妳請櫛枝過來幫忙打掃吧？房子沒經過大掃除，想必髒得要死……哼！」

竜兒的語氣聽來恨之入骨。沒錯，竜兒對大河說過好幾次「我去幫妳大掃除。」可是大河卻不斷用各種理由拒絕，竜兒的臉都快變成惡魔人了。

豈料——

「噗噗——答錯！我家現在每個角落都亮～晶晶，搞不好比你家還乾淨。很乾淨對吧，小実？」

嗯嗯——実乃梨也點頭同意。

「騙人！怎麼可能！又沒人幫妳打掃，怎麼會……」

「當然有人打掃啊，DUSKIN清潔專家。啊——真的很辛苦，昨天四位清潔阿姨花了三個小時仔細打掃……」

「妳說……什麼？」

竜兒看到大河狡猾的笑容，差點沒昏過去。她說的是那個只要花三萬圓，就能幫你徹底打掃的「清潔專家」？她是說那群專家把竜兒一直想動手的洗衣機底下、窗簾軌道，甚至冷氣濾網都清理乾淨了？

「真不愧是專家，手法就是不同～所以說竜兒，你晚點再慢吞吞過來就好。小実和我接下來要共進優雅的早餐，十點左右要去車站大樓的UNIQLO，買旅行要用的保暖系列老太婆內衣和褲襪……這是淑女時間，所以你可別跟過來。」

「啊，大河，剛剛叮了一聲，麵包應該烤好了。」

「真的？要趁剛烤好快吃才行！竜兒再見！」

大河兩人大步離開窗邊。「嗯嘎～～」不曉得在什麼時候，泰子已經用難看的姿勢躺在兒子床上準備睡回籠覺。

竜兒扶著窗框的手指正在顫抖。

DUSKIN清潔專家？眼睛看向打掃窗台溝槽專用的高須棒。清潔專家肯定是用超棒的打掃工具吧？打掃機器充分運用電力徹底清理大河家，金錢換來的技術力，深入原本由竜兒負責維持清潔的各個角落。

去你的清潔專家……可惡的清潔專家……！竜兒不甘心地緊咬嘴唇，拚命用滿是毛球的睡衣袖子擦拭窗框。上面沾到泰子的指紋了！

兒子擦拭時的晃動，害得泰子摔下床。

好豪華喔——圍繞玻璃矮茶几而坐的組員頭上同時浮現這幾個字。

「我去寢室把電腦和印表機拿過來，你們等我一下。小実，可以幫我拿連接線和電源線嗎？」

「ＯＫ！」

大河和実乃梨一離開客廳——

「喂喂喂！這間房子會不會太高級了！房租多少錢啊？」

「這一定是分租套房吧？家具也超可愛的……聽說她一個人住，該不會是有錢人家的大小姐吧？只要有需要，我隨時可以當她的室友！」

「我也要我也要我、也、要！」

高領上衣搭配迷你裙與內搭褲的麻耶，和高領上衣搭配連身洋裝與內搭褲的奈奈子興奮不已，她們的打扮還真是接近。竜兒拿來抱枕發給每個人，看到她們興奮的模樣，懷念起以前的自己。

呀啊！好棒的大樓！怎麼這麼豪華……第一次踏入這裡的早晨，竜兒醉心環視這間客廳，然後「唔！」停下腳步，差點因為可怕廚房傳來的異味而嘔吐。這傢伙真是太過分了，我必須想想辦法！於是竜兒開始幫大河打掃——這就是命運的分歧點。如果竜兒當時敗給異味逃回家，現在又會是如何？

「真的好像雜誌上的房子……話說回來，高須同學，你別我們摸哪裡就擦哪裡好嗎？」

「喔、抱歉，不知不覺就……」

竜兒下意識地拿著抹布擦拭女孩子摸過的茶几玻璃。就算清潔專家也沒辦法亦步亦趨隨侍在側吧？

「咦～～電視好大～～！」

「電燈也好大！」

看到電視「哇——喔！」看到水晶吊燈「啊——喔！」不斷對每個東西驚訝不已的能登與北村看起來也很開心。

「高須，我好像聽你說過逢坂家就在你家隔壁？」

「咦？隔壁？高須同學也住這棟大樓？好羨慕喔！」

「沒沒沒沒沒，怎麼可能！」聽到麻耶像是開玩笑的聲音，竜兒連忙搖頭否定：

「我家是這棟大樓隔壁的出租公寓。兩家剛好窗子對著窗子，也因為這個緣分，我和大河才會變得親近……不對，我們不親……讓我和她認識……也不對，我們是在教室認識。」

「這就叫結下孽緣吧？」

能登的說法似乎最妥當，於是竜兒也點頭同意。「喔……」包括亞美在內的眾人紛紛露出了然於心的表情。

平常絕不參加製作旅遊手冊這類無趣工作的亞美也遭到大河「如果妳想落跑，別怪我在家裡開ＤＶＤ觀賞大會喔？」的威脅，只好無奈跟來。ＤＶＤ指的八成就是傳說中由川嶋亞美主演、逢坂大河導演的「模仿秀・連續一百五十種」。不耐煩的亞美坐在麻耶旁邊，交叉起包裹在緊身牛仔褲下的修長雙腿，金屬項鍊在低胸針織衫擋不住的雪白肌膚上閃閃發亮。

「你們看～這個超棒的～～！只要穿上這種公主裝，人人都會變得超可愛～～！」

剛才不見人影的春田突然以驚人打扮登場——他不曉得什麼時候跑進大河的更衣室，身上套著大河將近十萬圓的名牌連身洋裝，底下穿著價值數萬圓的蕾絲內搭裙，讓連身洋裝的裙襬呈現蓬鬆感。

怎麼會有這種笨蛋……就在所有人都這麼想時，突然出現一個有如飛鼠的嬌小身影跳到空中，快速脫下笨蛋身上的衣服，再賞他幾巴掌。

「啊嗯！啊嗯！」

最後還用筆記型電腦狠毆春田的腦袋，絲毫不在乎他的頭蓋骨是否會凹陷。

「我要把這些全都拿去燒掉！這是生化危——機！」

「喂喂喂！太浪費了！說什麼傻話！只是被春田穿過而已！更重要的是妳居然用筆記型電腦打春田！打壞怎麼辦！」

「放心！這台電腦就算從兩公尺的高度摔下也不會壞！」

「小高高……我呢……？怎麼不關心我……？」

「閉嘴！頭毛座！」春田又挨了大河一巴掌，雙眼忍不住噴出眼淚。

「是你不好。」「自作自受。」「乾脆就此昏迷別醒來了。」同組成員對春田寄予貼心的無限同情。実乃梨也抱著印表機，在心裡為春田默哀。

「好了，趁著春田安靜下來，我們開始製作校外教學的旅遊手冊吧！大家一起敬禮！」

最擅長重整氣氛的北村一出聲，全體便一致鞠躬並且鼓掌。

「B5大小，不含封面一共六頁。前四頁是行前研究……也就是我們現在要做的部分。不寫觀光導覽，重點在於調查目的地的歷史背景，剩下兩頁是感想。形式上大致是這樣。最後全年級的報告將會集結成冊，印刷之後發給家長。我借來了去年的冊子，希望多少能派上用場。」

「喔喔、不愧是大師，幹得好！我們全部抄去年的，應該也不會被發現吧？」

「什麼？怎麼可能抄？能登是笨蛋嗎？我們抄沖繩的背景要幹嘛？你真是超蠢的！」

哼！麻耶對能登莫名冷淡。

於是大家一起打開北村借來的冊子，「啊啊……」幾乎同時發出空虛的嘆息。

學長姊的沖繩回憶實在太耀眼了。

先別提行前研究，就連感想的頁面也使用大量照片，而且每張照片都十分耀眼，幾乎快要閃瞎大家的眼睛。天空和大海都是難以置信的藍，白色海灘閃閃發亮。去年的校外教學應該也是在天氣正冷的一月舉行，每個人卻開心穿著「海人」字樣的T恤、頭戴帽子、脖子掛著毛巾，站在燦爛陽光下露出「熱死了～！」「好刺眼～！」的表情，吃著沖繩拉麵、咬著油炸甜點開口笑。照片中有在電視上曾經出現的搭乘牛車前往離島的畫面，看起來真的好開心，真是令人羨慕。

「……哞！」

能登突然發出怪聲音，順勢蓋上手冊倉皇抬頭。所有人一起看向能登。雖然他說聲「哞、哞事……」不過感覺十分詭異。

「哪裡詭異了？話說回來，反正沒什麼參考價值，我們就別看了吧？好好想一下該做些什麼！先靠Google大神看看能找到什麼吧！嗯……筆電的變壓器……」

「能登同學剛剛看到什麼了？太～可疑了……我記得剛剛看到這一頁……」

「啊、亞美住手……」

好了好了——交給亞美美——亞美半開玩笑地搶過坐在矮茶几另一側能登手上的冊子，微笑翻到剛才的頁面。她八成是覺得什麼事都比製作無聊的手冊有趣。

「啊！呀、唉呀唉呀唉呀！唉呀呀……是這個啊～」

「什麼東西……？和我有關嗎？」

吉娃娃眼睛看了北村一眼。「住、住手啊。」亞美不聽能登的勸告，逕自開心嘟嘴凝視青梅竹馬的眼睛，自言自語地低聲說句：

「只有祐作不准看。」

「什麼？害我忍不住好奇起來。給我看！」

「如果祐作真的很想看，你就看吧。不過你會有什麼反應，我可不負責喔……」

「太故意了，妳是希望我看吧。那張牛的照片有什麼不對……噗！」

湊近照片的北村停下動作。到底是什麼照片？大家一起靠近一看，終於明白原因。

那是某組成員的照片，內容是搭乘牛車渡海前往離島。在燦爛耀眼的藍天底下，不曉得為什麼有位長髮女孩獨自留在牛車上，其他組員則是開心地和牛一起走在海裡。

那位獨自留在牛車上的女孩雙手扠腰大笑，以了不起的模樣看著前進方向，似乎能夠聽見全世界最有男子氣概的豪爽笑聲——哈哈哈哈哈哈！

牛車上的女王，也就是眾人過去仰賴的大哥——狩野堇。

「唔哇！果然很受傷！在那種場合告白之後遭到拒絕，現在又突然看到對方的照片。祐作好可憐喔～要不要緊？」

「誰、誰可憐了……」

「原來已經不要緊了啊？太好了！這麼說來，你和狩野學姊聯絡過了嗎？她在美國交到男朋友了嗎？」

「會長順利進入大學……進入麻省理工學院就讀了……我從她妹妹那裡聽說的……」

「喔～跳級女大學生～！哈哈！好帥！可是……麻省理工學院是什麼？就是日本所謂的東大嗎？還是早稻田、慶應等級？祐作去考也考得上吧？亞美美完全不懂～」

「……變壓器在哪裡……」

北村敗給青梅竹馬毫不保留，甚至可以說是充滿凌虐快感的攻擊，乾脆背對所有人幫大河搬來的筆電接上電源線。

「變、變壓器是這個嗎？應該是這個！好，插座插座……插座在哪……」

最先引發事端的能登也是尷尬地離開座位沿著牆壁尋找；「……」麻耶和奈奈子以奇妙的表情看著彼此；実乃梨不知為何露出門牙，斜眼看著北村的背影；至於大河——

「笨蛋笨蛋笨蛋笨蛋蠢蛋吉大笨蛋！」

壓低聲音罵個不停，同時用雙手拍打亞美的手臂。

「咦～～？為這種小事悶悶不樂的人才有問題吧？我只是想讓他鍛鍊一下，就像增壓訓練一樣。」

亞美似乎毫不在乎青梅竹馬的低潮，一邊說著「增壓」一邊用力握拳。春田也在這時恢復意識，開口說聲「這裡是……？我的房間……？」還是和平常一樣愚蠢。

竜兒在心中不停對死黨說道：你的心情我很了解。北村雖然不知情，不過兩人同屬失戀同志，竜兒非常理解北村的內心傷口一不小心裂開的疼痛與衝擊。

「我來泡紅茶！我們就邊吃東西邊輕鬆做吧！你們說對吧！」

大聲開口的竜兒連忙站起身來。

「這是我從家裡帶來的法式貝殼蛋糕，分給大家吃。看你這麼辛苦，就讓流浪服務生·櫛枝來幫你吧。」

「喔、太感謝了。幫我找一下紅茶杯，還差三個。」

在寬廣客廳後面的豪華系統廚房裡，面對突然出現的援軍，竜兒隱約感到有點心跳加速，還是成功加以壓抑。

「交給我來找！」実乃梨把客人送的點心禮盒擺在廚房裡，一面回答一面打開櫥櫃。

「嗯——我看看，好像沒有茶杯，馬克杯可以嗎？」

「可以。」

「來——喔、這個好可愛，還可以多喝一點，我用要這個馬克杯——」

実乃梨真不愧是服務生，馬上就以俐落的動作單手拿出三個馬克杯擺在竜兒面前，並指著其中一個畫有橘色鯨魚的馬克杯。要是竜兒沒記錯，那是大河收集便利商店麵包貼紙換來的杯子。実乃梨抬頭看著竜兒的臉微笑問道：

「法式貝殼蛋糕怎麼辦？好像沒必要特地擺在盤子上端出去，乾脆直接連盒子一起拿出去吧？」

「這……這樣也不錯。」

「對．吧——？」

実乃梨沒注意到竜兒因為突然的接近而動搖。兩人像對情侶般一起待在廚房裡，毫無防備地站在極近的距離打開包裝，打開盒子。

「法．法法法．法式．貝．貝貝貝．貝殼．蛋蛋蛋．蛋糕蛋蛋蛋。」

実乃梨搖著屁股唱繞舌歌，將分開包裝的法式貝殼蛋糕一個一個拿出盒子，擺在大理石調理台上。

「等……妳剛才不是說……直接擺在盒子裡嗎？」

「……嗯？唔喔！對喔！」

那是無意識的動作嗎？竜兒看著連忙把貝殼蛋糕擺回盒子裡的実乃梨，差點笑出聲來。

実乃梨的無意識舉動，與用發抖的手指將茶包擺進茶杯的竜兒相比，顯得自然不做作。拉鍊連帽上衣搭配牛仔褲的自然造型、說著「糟糕——剛剛腦袋一片空白。」的桃色柔軟水潤嘴唇、圓額頭、臉頰、下巴，全都美麗到讓人目不暇給……

「喂，哥爾哥……」

「我不是哥爾哥……」

「那麼我就是哥爾哥……別站在我背後……」

「誰站在妳後面了……」

聽到她突然開起玩笑，竜兒也對瞪視自己的実乃梨高舉雙手。難道她發現我一直盯著她嗎？竜兒連忙轉開視線。

「那就好……話說回來，盒子在我打開時弄壞了，還是把蛋糕擺在托盤上好了。我記得剛剛看到這裡有。」

実乃梨笑了一笑，一個人唸唸有詞之後再度打開牆上的櫥櫃，拿出銀色托盤。

「嗯，這個滿重的，該不會很貴吧？不知道能不能用……喂──大河！」

聽到呼喚的大河回過頭，搖曳輕飄飄的格子連身洋裝來到廚房：

「怎麼了？有事嗎？」

「這個銀色托盤可以用嗎？我想拿來擺法式貝殼蛋糕。」

「什麼嘛，當然可以。害我以為發生什麼事。」

「唉呀，這種東西有時候貴得嚇人，我怕有什麼萬一。對了，話說回來──」

実乃梨把法式貝殼蛋糕排放在托盤上，來回看著竜兒與大河的臉：

「櫥櫃和餐具櫃都變得好乾淨呢？多虧有高須同學整理，好久沒來的我今天一看到，實在是超感動的。」

「……乾淨是因為我花錢請清潔專家的關係。」

是嗎？是啊。実乃梨和大河好像一對姊妹，以同樣姿勢待在系統廚房調理台兩邊相視而笑——她們的感情真好。竜兒一邊將煮沸的熱水倒進茶杯，一邊傻傻看著兩人。等他回過神來，才發現自己早已在狀況外。

「但是我認為高須同學幫忙整理的功勞也很大。上一次我來打掃是一年多前的事吧？現在少了許多不需要的東西，而且變得方便整理。妳應該好好感謝高須同學。」

「是他自己想做的，他才應該要謝謝我願意讓他打掃。對吧，竜兒？」

竜兒注意到大河投射過來的視線，似乎想說：「繼續下去情況很不妙。」而且兩人的對話確實正往「大河果然少不了高須同學」方向邁進。快點想想辦法！大河露出擔心的眼神，只是竜兒也不知道該怎麼辦。

「不，我知道絕對是高須同學的功勞！因為我是神！」

聽到実乃梨這麼說，竜兒只能假裝專心泡茶，隱約露出苦笑。她都說自己是神了，我還能說些什麼？

就在此時——

「逢坂，方便過來一下嗎？網路連不上，似乎是無線網路有問題。」

「咦？不會吧？剛剛還能上網啊。」

真是天助我也——沒那麼嚴重，不過北村的呼喚的確讓大河明顯鬆了一口氣。她和今天也是一身UNIQLO打扮的北村一起離開廚房。

不過実乃梨仍然延續剛才的話題，繼續對竜兒說道：

「我是真的這麼認為。去年的屋子裡到處是垃圾，不論怎麼掃，只要一個星期又會恢復原本的髒亂。」

竜兒突然注意到有件事情不太對勁：

「……妳已經一年多沒來大河家了？妳們不是很要好嗎？」

這麼說來，竜兒想到実乃梨之前好像曾經提過原因。

「因為那次……大河爸爸那件事，我和大河有點鬧翻了。後來雖然恢復交情，但是在那之後總覺得……該怎麼說，還是保持一點距離，避免再次誤踩地雷。」

「……妳之前說過，我想起來了。」

聽著実乃梨的話，竜兒不禁想到自己竟然毫不保持距離，隨意干涉大河的生活。実乃梨說的不正是我嗎？然而現在的大河挑戰獨立，不再來我家，也不拜託我做家事。

「我要說的是高須同學幹得好。因為你不怕失敗，繼續接近大河。」

実乃梨說完話，以男性化的動作打了竜兒手臂一拳。平常被実乃梨觸碰，竜兒總會有點開心，可是現在的他卻想反問：「我到底什麼事情幹得好？」此時的実乃梨已經開始俐落地準備牛奶與砂糖，用背影明白表示：這個話題到此結束！

這麼一來竜兒也只能閉嘴，拿乾抹布擦拭廚房的水漬。其他在客廳的傢伙因為電腦無法上網又開始閒聊。北村和大河兩人坐在地毯上，重新打開牆邊的路由器，想辦法連上網路。

廚房彷彿掉入陷阱，突然一片沉默。竜兒想起一件無聊的事：是從什麼時候開始，大河已經能夠冷靜地和北村相鄰而坐？

「對了，高須同學。」

「……別站在我背後。」

「別模仿我。」

実乃梨把頭髮撥到耳後面，微笑仰望竜兒。她是從什麼時候盯著我看的？

「其實我有點期待校外教學……不對，是非常期待。」

竜兒為了掩飾內心想法，成功擺出皺起眉頭的表情：

「不會吧？是去滑雪耶？」

「我很擅長滑雪，實力跟清水章（註：日本的搞笑藝人，專長是滑雪）差不多喔。而且這是2年C班最後一次全體活動了。唉——這個班級好快樂，所以讓我感覺有點落寞。你不覺得嗎？」

実乃梨低下視線看著九個杯子，確認紅茶泡好了沒：

「要是大家能夠永遠這樣，該有多好。」

永遠？大家？這樣？意思也就是說——竜兒似乎察覺到什麼，正好在這個時候……

距離有點遠的北村與大河的對話內容，偶然飛進竜兒耳朵。

……這樣嗎？

對，所以我乾脆……

……那麼我……

咦？可是……為什麼？一定有什麼原因吧？

不曉得他們在說什麼，但是聽起來不像是在討論網路問題。北村似乎還沒從剛才的傷痛中平復，大河既不口吃也不慌張，只是看著北村露出自然的微笑。看得出來她正看著北村的眼睛，判斷開口的時機。

自然交談的兩人彷彿認識多年的好友。到底是從什麼時候開始變成這樣——

「……喔，是啊。」

心裡的疙瘩瞬間消失。

「如果能夠永遠保持這樣就好了。」

竜兒近乎無意識地回答之後，開始專心把紅茶盤子擺在托盤上。

心中那個結真的解開了？或者被綁得更緊，所以小到難以發現？沒有人知道答案。

原本打算收集大量滑雪場附近氣候、特產情報，還要寫上九人份目標與抱負的旅遊手冊行前調查報告，一個星期日還是做不完，決定延到下個週末繼續做。總歸一句話，都怪好學生北村太起勁了。

然後日子一天一天過去——

4

確認実乃梨真正的想法。

也就是確認櫛枝実乃梨是否真的不想和高須竜兒交往？她的想法是否會因為高須竜兒與逢坂大河的生活不再有所牽連而改變？

如果能夠得到答案，就能夠傳達耶誕夜那晚沒能說出口的思念，重新修正兩人之間難以言喻的關係。

對竜兒來說，這正是校外教學的目的。

「高須，『加』喲，『加』。」

「……加油！」

竜兒忍不住對著隔壁北村遞過來的麥克風用力大喊。「這是答案啊？」「不是說過只能接痛苦、難過、辛苦的東西嗎？」——全車的同學對竜兒報以噓聲。

竜兒連忙清清喉嚨：

「呃……啊——『加班』！應該很痛苦吧！好，『班』！」

竜兒隨便說個答案，把麥克風轉給坐在走道另一邊的大河：

「『班』？班長……這個不行。嗯……班，『搬家』！這個夠辛苦了吧！好，小実，『家』。」

答得好！大河的「搬家」獲得大家的認同。

校外教學第一天。

六台遊覽車分別載著二年級全體學生前往目的地「雪山滑雪場」。不過高速公路兩旁的景色太過無趣，陸續有學生開始暈車。於是有人拉出麥克風提議：「來唱卡拉ＯＫ吧！」沒想到車上只有演歌，於是2年C班自暴自棄地玩起「特定主題接龍」。

過程雖然非常無聊，氣氛也稱不上熱烈，但是玩接龍至少好過一直望著窗外的灰色擋土牆與灰色道路。

「『家』……『家』而且是痛苦、難過的東西……」

麥克風傳到單膝跪在靠窗座位的実乃梨手中。她似乎正在沉思，皺起眉頭發出低吟。玩接龍輸的人，處罰就是一個人唱演歌唱到死。

「櫛枝超過答題的時間了吧？」

「好！開始倒數！十！九——！八！七！六——！五！四！三——！二！一……」

在拍手倒數聲中，実乃梨突然深吸一口氣，雙眼變成鬥雞眼——

「家——！」太陽穴爆出青筋的実乃梨放聲大喊，麥克風的回音響徹遊覽車。「我的耳朵！」「吵死了！」「妳是喪黑嗎！」（註：喪黑福造，日本漫畫家藤子不二雄A的漫畫《黑色推銷員》的角色）……全班同學痛苦掙扎，但是実乃梨不以為意，右手拿著麥克風，一邊抖著左手一邊說道：

「——裡的我突然感覺到一股衝擊，頓時不知道發生什麼事，但是我睜大眼睛、說不出話來——為什麼？為什麼會在那裡？」

実乃梨不曉得和靈界的什麼連上線，喘個不停的呼吸聲透過麥克風傳送出來，仍然繼續說下去：

「為什麼會在那裡？我剛剛不是丟掉了？我明明已經拿去寺廟裡祭拜，也已經合掌道歉了，為什麼那個人偶又回到我的房間？我絕對沒有把它帶回來，它卻出現在我面前！我忍不住合掌說道：『請妳別再跟我回來了。這裡沒有妳的容身之處，我已經不需要妳的守護了。』我害怕到無法注視人偶沒有眼球的眼窩。我想當時的我們視線一定對上了，我不由得驚慌失措。別這樣、別這樣啊！好不好？別這樣、別這樣別這樣別這樣別這樣別這樣！別看我別看我別看我別看我別看我別看我別看我別看我別看我別看我別看我！不要、不要、住手住手住手住手住手、啊——別這樣！別看我喔喔喔！」

実乃梨用力晃動前座的椅背，前座的女生不由得低聲慘叫；坐在実乃梨隔壁的大河目光游移；喘不過氣來的竜兒也無法動彈，只能用手遮住嘴巴，擺出歐巴桑的姿勢啞口無言。他的確下定決心要問出実乃梨的真正心意，可是沒人要她講鬼故事。

「『沒有容身之處的人，是妳呀呀呀呀呀呀呀呀呀呀呀呀呀！』」

「呀啊啊啊啊啊！」「不要啊啊啊～～～～～～～～！」

在慘絕人寰的尖叫聲中，竜兒緩緩閉上眼睛。「咿……」大河也一副可憐兮兮的模樣小聲呻吟塞住耳朵。

「妳的故事一點也不恐怖，恐怖的是妳的音量和表情！」

竜兒相當認同北村的意見，可是看向実乃梨，發現她一點反省之意也沒有，只是「嘿嘿嘿！」吐舌，並且面露滿足的傻笑：

「就是這樣，所以接下來是『呀』。換妳了，亞美。」

「……剛才的內容哪裡苦了？」

「這是帶著些許苦澀的真實鬼故事『不是我的人偶啊』。」

依然跪坐在座位上的実乃梨把麥克風遞給後方的亞美。亞美似乎因為剛才的鬼故事感到不悅，粗魯撥弄長髮，以交叉雙腿的姿勢接過麥克風，「啐！」充滿怨恨地動動嘴唇。

亞美原本不打算參加校外教學，告訴單身（30）要請假工作，卻被單身狠狠拒絕：「妳是學生，參加校外教學是義務！」既然拿工作當藉口失敗，也沒辦法再用其他理由請假，最後只好參加。

「『呀』嗎……？『亞美美現在的心情』！麻耶換妳！『情』！」

「情」嗎！說得好！不愧是亞美！現場掌聲如雷，卻沒能讓亞美美女王陛下心情變好。繃起一張臉的她躲在窗簾裡後面生悶氣。

「咦～？『情』……『情人節被甩』。」

「木原……妳剛才開頭用『咦～？』了！」

「剛剛的不算，出局！」

麻耶不滿抱怨「為什麼櫛枝的鬼故事和亞美的心情可以，我的情人節不行！」可是現場沒有公平裁判的傢伙。所有人，包括竜兒在內，心裡都不希望麥克風再度回到実乃梨手上，也不希望刺激十分不爽的亞美。再加上——

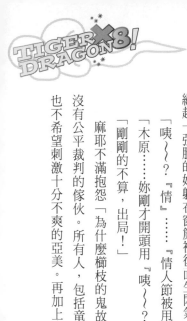

「因為我們想聽麻耶小姐唱演歌啊，嘻嘻嘻！」
皺著鼻子，露出噁心笑容的春田如此說道，還獲得多數男同學的贊同。
「什麼～～？開什麼玩笑！怎麼可能不算！情人節被甩當然算吧！」
巴士進入隧道，原來想要說點什麼的竜兒開始耳鳴，不由得皺著一張臉嚥下口水。
隧道很短，沒多久前方已經出現出口的光點，而且愈來愈大。
「……咦？」
首先出聲的人是手握麥克風的麻耶。
竜兒眼前突然被強光照得一片白，正想確認那是什麼光芒，卻因為耀眼的景色而屏息。
「不會吧？雪耶！雪雪雪！現在哪是接龍的時候！太美了！」
聽到麻耶對著麥克風大叫的聲音，亞美也睜大眼睛跳起來。「哇啊！超美的！」竜兒和其他人也坐直身體，對著窗外截然不同的景色發出幼稚的叫聲。
前半段路途只有看見骯髒的護欄下有接近黑色的灰色髒雪，但是現在可不一樣。竜兒和北村兩個噁心傢伙把臉擠在一起，貼在車窗玻璃上發出彷彿女孩子的叫聲：
「讚讚讚……！閃閃發亮的東西是什麼？大晴天的，該不會是雪吧？」
「那是雪！唔喔喔！怎麼突然進入川端康成的世界！太漂亮了！」
巴士突然沐浴在一片耀眼的白光之下，窗外景色閃閃發光。

好美！好美！靠窗座位的同學紛紛吵著打開窗戶，新鮮的冰冷溼潤空氣瞬間填滿巴士。所有人呼吸到那股空氣之後都變得很有精神，彷彿重獲新生。

出了隧道就是一片雪白、白色、銀白、閃閃發光的世界，白雪反射的光芒十分眩目。這個雪景與平常所見完全不同。

「哇啊！我第一次看到這種景色！」大河也發出大叫，和実乃梨一起將頭探出窗外。大河這個笨蛋很有可能順勢摔下去！竜兒暗自在心裡提心吊膽，但是看到実乃梨緊抓住大河的外套，也放下心中的擔心。

所有人都跪在座位上，一起看著窗外。

「超美～～～～的！糟糕，我覺得好興奮！」

「沒想到雪山也能燃起熱情！」

「雪國！這裡是雪國！」

「好棒啊！整座山都是一片雪白！這實在太棒了！」

「呀啊～～～～！照相照相！快拿手機照相～～～！」

吵吵鬧鬧的2年C班即將前往的連綿山脈發出雪白莊嚴的光輝，堅毅挺拔的身軀覆蓋著白雪，金黃色的陽光灑落直入天際的山峰。

搞什麼，沒想到還不錯！雪山很棒啊！超讚的！2年C班全體的心在此刻合而為一。

連坐在第一排的單身（30）也興奮地轉過頭，手指著山頂大聲說道：

「各位同學，有精神了嗎？讓我們對著即將造訪的山齊聲吶喊——」

呀呵～～～～～～～～～！

聲音整齊劃一，心也合而為一。在充滿歡呼聲與掌聲的車上，司機低聲喃喃自語：

「……我們又不是要去那座山……」

＊＊＊

「你好詐喔……自己穿起來一副帥氣模樣。」

「有嗎？帥氣嗎？嗯，可能因為我的長相滿適合穿運動服吧。」

在能登的嫉妒眼神注目下，站在集合地點的北村低頭看向身上租來的滑雪裝。這個紫色大概只有用「超級紫」足以形容，總之全身上下一片紫色，上半身胸前與下半身褲腳有「超級金黃」的金黃色閃電圖案，總之就是相當難以形容的滑雪裝，而且材質是絲緞……？對，是絲緞。

光是這身衣服就夠詭異了，所有人的胸前還要掛上名條。名條是白色？別傻了，是水藍色。水藍色似乎是2年C班的代表色。其他班學生以憂鬱的表情擦肩而過，他們的名條分別是綠色、暗紅色、正紅色、透明等等，各班有各班的代表色。

竜兒心想，真沒想到北村能把這身滑雪裝穿得那麼好看。腳踏雪鞋的北村站在結實的滑雪道上，看起來真的相當帥氣。不曉得是打扮的關係，還是身為運動少年的關係，那身滑雪裝穿在他身上，就好像正式滑雪比賽隊伍的制服一樣適合。連竜兒也不禁要贊同能登的意見：北村實在太詐了。

抵達飯店沒多久，所有人都拿到這套醜陋的滑雪裝。各組男女生在各自的房間裡（房間的模樣實在是筆墨難以形容。簡單來說，就是実乃梨會很興奮的和室）換裝完畢後，以班級為單位，在距離飯店玄關最近的滑雪場入口集合。

「高須穿起來特別驚人……」

「閉嘴。我自己知道。」

看到能登充滿歉意的眼神，竜兒用力咬住嘴唇。笑起來像般若、哭起來像夜叉、張開嘴巴像通緝犯，這種長相怎麼可能適合色彩繽紛的滑雪裝？竜兒的悽慘模樣有如可以換頭的人偶，真的要說，就是「來自泰國的人妖刺客，臉上的妝因為激戰掉得精光」。

至於能登則是像個老舊的交通安全腹語術人偶。

「哈！我解開北村適合穿滑雪裝的原因了！因為他頭上戴著毛線帽，脖子掛著風鏡！小登登、小高高，我們也學他吧！」

不停發牢騷的春田也像剛從少年監獄出來，跑錯地方的小流氓……總之很悲慘就對了。

不過大家還是姑且聽信笨蛋春田的話，戴上和北村一樣的帽子，掛上一樣的風鏡——

「……」

「……」

「……」

三個人三種反應，因為彼此的模樣啞口無言。果然不一樣，和受女生歡迎的丸尾同學差太多了……不過互相嘲笑、傷害彼此也沒什麼好處。

算了，不管再怎麼俗氣、再怎麼嚇人，反正我又不是靠打扮取勝。想開的竜兒大口吸入雪山的冰冷空氣。空氣真新鮮，肺部因為冰涼乾淨的空氣感到愉悅，原本還殘留暈車不舒服感覺的腦袋，也像紙拖把拖過一般清新。

在踩踏結實的滑雪場入口擋土牆上面，堆著與人等高的積雪。其他班級的學生興奮地吃著那邊的雪。本地滑雪客見狀忍不住笑道：「那邊很髒喔——」都已經是高中生了，還做出這種丟臉事——如果沒人在看，竜兒本來也打算去吃。

其實雪也沒什麼了不起，不過竜兒畢竟是第一次來到滑雪場，也是第一次看到這麼多雪，從來不知道雪景這麼耀眼。

這個景色美得無庸置疑，他對戀母之星發誓，晚點要記得拍回去給泰子看！

女孩子在這個時候才悠哉現身。看到她們的打扮──「噗！」「哇哈哈！你看她們！」竜兒等人忘記自己的打扮，指著女生大笑不止。

然後──

「醜死了……！」

「……噗哈！」

長髮紮成辮子的大河，臉上滿是憤怒的青筋。竜兒看到大河的裝扮也忍不住大笑。

滿身的粉紅……不對，是「超級粉紅」！搭配似乎會弄瞎眼睛的翠綠色……錯，是「超級翠綠」的曲線從左肩延伸到右腳，刻意營造速度感。材質應該是絲緞……不，的確是絲緞。還要配上2年C班統一的水藍色名條。

男生的滑雪裝很糟，女生也不遑多讓。都什麼時代還採取連身設計，緊貼腰部的剪裁只能說相當有塑身效果。大河比其他人都要嬌小的身材穿上滑雪裝之後，看起來比平常膨脹了約1．7倍，彷彿只要大風一吹，就會像《歡樂滿人間》（註：Mary Poppins，澳洲作家Pamela Lyndon Travers著作的兒童文學作品）一樣飛到山的另一頭，上演意想不到的悲傷別離。

「嘻──嘻嘻嘻！妳的樣子……嘻嘻嘻！」

「笑什麼笑！有什麼好笑的！」

大河也瀕臨爆發，粗魯踢著地面的積雪踱步：

「被、被、被迫穿上這種滑雪裝，叫身為人類的我自尊往哪擺！要我穿這個拍團體照？如果將來哪天發生社會案件，這身可怕的打扮就會播放到全國各地、登上新聞、雜誌版面、永遠收藏在國會圖書館裡嗎？啊……光是說出來就夠恐怖的了！我不要！」

「妳別犯案不就得了……」

「就算不是犯人，身為被害人也一樣！這身打扮將會公諸於世人面前……噗！你那是什麼打扮！」

大河似乎總算看到其他人的穿著，竜兒的模樣讓她笑倒在地。「隨便妳。」竜兒心如止水。因為大河也一樣好笑，所以扯平了。啊——空氣真新鮮，景色真美好。

萬里無雲的藍天。

斜坡由滑雪場的入口向上延伸，山腰可以看見一棟大型木屋，另一側是緩緩移動的登山纜車。滑下來的滑雪板與雪地滑板，在雪地上繪出美麗的軌跡。

人煙稀少的滑雪場閃耀白光，校外教學學生的滑雪裝醜到驚天地泣鬼神。想必連綿山脈的神明若是看到，也會指著他們笑個不停吧。

「呀！你們這些傢伙！別小看雪山！也別迷上山男（註：日本傳說中住在山裡的人型妖怪）！唔喔喔！」

追上大河現身的実乃梨，看見竜兒等人的打扮之後也說不出話來。

「唔哇！男生的滑雪裝也色彩繽紛到了烙印眼底……啊！」

竜兒等人也因為実乃梨的登場方式而無言——她突然在眾人面前滑倒，屁股直接坐在結冰的雪地上轉圈。還以為是因為雪地太滑，誰知道——

「痛死了！喂！是誰吃的香蕉啊！」

她的腳邊……不，是屁股旁邊有個香蕉皮。

「小実要不要緊！站得起來嗎？有沒有受傷？」

大河伸手打算幫実乃梨起身。「起來吧。」等著看戲的人不只竜兒一個。

「抱歉，小実的屁股裂成……哇！」

「啊啊啊……！」

笨手笨腳的大河，依照慣例和準備起身的実乃梨一起滑倒，兩人同時屁股著地，抱在一起一邊慘叫一邊快速滑下結冰的斜坡。

「等等等！不會吧！別過來別過來別過來！」

「呀啊！危險！停下來！」

抱歉啦～～！漂亮的全倒。原本站在一起的美少女三人組被撞飛摔進柔軟的積雪堆裡。

「老……老虎、櫛枝！妳們在搞什麼？」

「討厭～～！好丟臉又好冷……」

「對對對對不起！麻耶大人奈奈子大人！來，手給我！亞美對不起！要不要緊？」

実乃梨依序彎腰扶起埋在雪堆裡的三人。滿身是雪的麻耶和奈奈子蹣跚起身——

「亞美？咦，怎麼了？」

有一個人站不起來。

亞美的頭埋進雪裡，屁股露在外面，維持奇怪的姿勢一動也不動。「沒有反應，像個屍體一樣。」大河唸唸有詞，一旁的春田也發出慘叫……他不是觸電，而是聽到大河的話。

「慘了，亞美可能是失去生命力，所以站不起來。」

麻耶望著亞美的屁股如此說道，奈奈子也點點頭：

「滑雪裝實在太醜，連走到這裡也是靠我們扶著她。」

竜兒不禁心想，怎麼會有這種蠢事。「好！」北村真不愧是亞美的青梅竹馬，一邊走向亞美一邊對大家說道：

「等會兒的姿勢有點丟臉，請大家不要吐嘈！」

他從身後抱緊趴在地上的亞美用力一拔，拉出埋在雪裡的上半身，拍去她頭上的雪：

「亞美！振作一點！沒事吧？」

「……這裡是哪裡……？到底發生什麼事……？我死了嗎……？」

身上穿著醜到不行的滑雪裝，亞美傻傻回了一句。原本的做作女面具、黑心素顏全都消失，眼神空虛、嘴巴半開的蠢臉根本不像模特兒。

「喔喔，真的失去生命力了，好可憐啊……」

「有沒有人帶奇異筆？在滑雪裝上面畫個CHANEL的標誌，蠢蛋吉就會復活了。」

就在大河以認真的眼神尋找奇異筆時，旁邊傳來一聲：

「好——全體集合！請大家按照組別排成一排！噗……！」

瞪！在場所有同學的視線一致看向單身（30）——又名戀窪百合。只有她穿著自己帶來的滑雪板專用時尚滑雪裝（而且是白色！太狡猾了！），她拚命低下頭說道：

「……各位的滑雪裝真是太勁爆了……超乎我的想像……」

面對一字排開的超級紫&超級粉紅，加上水藍色名條的沒品味軍團，單身（30）似乎止不住笑意。唔呼呼、唔呼呼、呼呼呼呼呼……遮住臉的點名簿後方傳出擋也擋不住的笑聲。

嗯！北村正確理解全班的意志，在此化身革命鬥士。亞美也站起身子，雙眼充滿黑暗怨念。目標：以下剋上，攻城掠地。北村舉起右手：

「……準備射擊！」

2年C班所有同學紛紛拿起腳邊的雪，用力握緊——

「咦？什麼？不會吧？怎麼回事？咦？」

「發射——！」

呀啊啊啊過分～～～全班聽著北村號令同時拋出雪球，毫不留情地襲向單身（30）。其他班的同學與一般滑雪客全都指著單身（30）大笑。

＊＊＊

全班一起打完招呼、做完暖身運動後，二年級全體便以組為單位自由活動。雪坡上零星分佈紫色與粉紅色的小點。為了下午的正式課程，早上約有一個小時的時間，讓同學各自習慣雪地，並且確認自己的程度。

北村率領的九人小組在寬闊滑雪場的平緩山腳下，各自穿上租來的滑雪板。

「喔……！喔、喔、一直往前滑！這該怎麼辦才好？」

竜兒有生以來第一次站上滑雪板，好不容易把雪鞋裝上金屬釦，才擺出半蹲姿勢便搖搖晃晃滑下斜坡。

「把滑雪板轉個方向！和斜坡成九十度！」

北村連忙給他建議，可是——

「咦？九十度？怎麼轉……唔喔喔！」

「滑雪杖滑雪杖！停不住就一屁股坐在地上！冷靜一點！別弄傷膝蓋！重心向前！」

在空中揮舞的兩支滑雪杖沒能派上用場，愈滑愈開的滑雪板也變成外八字。胯下會裂開啊！竜兒慌張不已，失去平衡之後漂亮翻滾倒地。

「咦咦咦……喔！」

「……一點也不好玩！」

竜兒坐起身來，瞪著立在藍天底下的滑雪板唸唸有詞。除此之外他還看到——

「久別重逢～看看這個雪，真是好啊～嘿嘿～看看看～」

実乃梨在紮實的小雪丘上前後踩動，確認雪是否能夠承擔體重，接著順勢站上滑雪板，踩在雪丘上不停扭腰，左右跳動。

竜兒無法理解她的行為。最後実乃梨終於踩著滑雪板順著雪丘斜坡一口氣往下滑，濺起白雪後急轉彎停住。光是藉由重心移動就能如此完美操控滑雪板。

那個動作實在太帥，坐在地上的竜兒忘了自己的窘態，不禁看著実乃梨的滑雪姿態入迷。毛線帽下翹出勉強綁起的短髮，在某種角度來說也很可愛。竜兒根本無法移開視線。

一旁的亞美戴著租來的手套鼓掌，正好代替竜兒表現他的心情：

「実乃梨真會滑雪！看起來很行嘛！不愧是體育全能！」

「嘿嘿，是嗎？話說回來，亞美也很厲害啊！」

「咦～討厭啦，沒那回事！這只是普通！普通～～！」

不斷說著普通的亞美在幾乎沒有斜度的雪地上，以有如溜冰的動作流暢前進。哼著歌的她將重心擺在一隻腳上跳著優雅舞蹈，畫出弧線之後回到原地。如果這樣真的是「普通」，那麼連站都站不起來的我算什麼？怪人？變態？

竜兒從剛才開始便不斷想要起身，但是左右兩個滑雪板老是相撞、彎曲的前端也勾在一起，讓他無法自由行動。再加上滑雪板後半插進雪地裡，更是無法動彈，只能累癱在地。能夠這麼難看，的確一點也不普通。

不停喘氣的竜兒以丟人現眼的模樣抬起頭，看到麻耶和奈奈子露出開心的笑容：

「八字形、八字形……喔喔，成功了成功了～！我滑得很棒吧～？」

「我還稍微記得V型減速。沒想到國中一年級學的東西，直到現在還記得。」

她們也滑得有模有樣！除了実乃梨、北村、亞美之外，麻耶與奈奈子似乎也不是第一次滑雪。

這一組該不會只有我不會滑雪吧？那豈不是十分孤單。我一定要找到其他不會滑雪的組員！就在下一秒。

「我說高須，你為什麼坐在這裡？一起滑雪吧！」

能登的眼鏡反射光芒，以有點粗魯的動作滑到竜兒面前。然後他的後面——

「其實我比較擅長玩雪地滑板耶～」

2－C
木原
2－C
香椎

長髮飛舞的春田，也以華麗的動作來到竜兒面前，還以開心的模樣微笑哼歌。竜兒藉著精神力量克制額頭上的邪眼張開，心裡突然想到：對了，記得聽春田說過，他爺爺家就在滑雪場旁邊。

竜兒感覺自己遭到眾人拋棄，「叛徒！」忍不住望著朋友唸唸有詞。這時一支滑雪杖突然滑出手中，連忙想要抓住吊帶，滑雪杖卻已經急速滑下斜坡。竜兒現在連站起來都有困難，更別說是追趕，只能傻傻看著滑雪杖愈滾愈遠。

「喔，發現失物！」

唰！有人揚起雪花華麗迴轉，畫出一道銳利的弧度，幫竜兒撿回滑雪杖。等到她把風鏡拉到頭頂，才發現來者是実乃梨。運動時的実乃梨真是太有精神了。

「這是高須同學的滑雪杖嗎？怎麼可以亂丟呢？要把吊帶確實掛在手上才行喔！」

就連說教的得意表情都太過閃耀，竜兒快要睜不開眼。和滑雪場的反光相互輝映，站在雪中的実乃梨真的閃閃發光。

「喂喂！有沒有在聽啊？拿去，滑雪杖要好好拿穩！」

「啊啊……！抱歉！」

彷彿是受到那張笑臉牽引，竜兒不由自主憑著手上僅剩的滑雪杖，重新站起來。咦？站起來了？搞不好滑雪也變成小事一樁？正當自己這麼想時——

「……喔！」

腳下一滑！滑雪板往実乃梨的方向滑去。竜兒單手揮舞滑雪杖想要保持平衡，下半身卻完全僵硬，滑雪板往不同方向滑開。「哇啊！」「很好！朝我的胸口衝過來吧！」前方的実乃梨堅強地張開雙手。「最好是啦！」竜兒雖然想要大叫——

「啊啊啊啊！抱、抱歉……！我真是太丟臉了……！」

「喔！沒關係……別放在心上！」

沒有比這更丟臉的事了。

竜兒幾乎是以飛撲的動作撞上実乃梨。多虧実乃梨穩穩擋住竜兒，才得已停下滑雪板，但是兩人也因此摔在硬梆梆的雪地上——

「……真的很抱歉……！」

「沒關係！真的別在意！」

「抱歉、抱歉、對不起，啊啊……真的很對不起……！」

不斷道歉只是讓自己更加難看。竜兒壓在実乃梨身上，長相恐怖的臉貼著她的胸部，站不起來。愈是焦急愈是讓兩人的滑雪板纏在一起。幸虧有滑雪裝阻隔，竜兒感覺不出実乃梨的身體，還好！（我是說真的，真的！）忍不住想要快點起身的竜兒拚命揮動四肢。

「……高須同學，我說你真的不用在意，也不用焦急——」

「不成不成，抱抱抱抱歉！我現在馬上起來！妳等我一下！」
「……其實只要你一動滑雪板，就會勾到我的屁股……」
「呀啊啊啊啊！不會吧啊啊啊啊！」
不知打從哪裡來的蠻力，竜兒一鼓作氣跳開実乃梨的身體，臉上有如紅鬼一般通紅。他用風鏡遮掩過熱的臉頰，側坐在滑雪場上害羞地扭來扭去：
「我、我怎麼會做出這種事……！這麼丟臉……不行了，我沒有臉活下去！拜託妳就把我丟在這裡，別再管我了！」
「害羞的人是我吧！算了，總之你快點站起來！來！」
「喔？」
実乃梨輕輕一滑就繞到竜兒背後，手伸進他的腋下用力一拉，竜兒總算穩穩站起。
「喔、唔哇，等……！向前滑了！」
「唉呀呀，糟糕……啊，不過你會滑雪了？很棒！就是這樣！」
「才不是！這不是滑雪，純粹只是停不下來！」
実乃梨從背後支撐竜兒，兩人緊靠在一起滑下斜坡。
「讓身體記住這種平衡！暫時保持這樣～～！」
「不會吧！」

実乃梨抓住竜兒的腋下，隨手抛開自己的滑雪杖，將自己的滑雪板踏上竜兒的滑雪板。兩人保持平衡之後，竜兒自然放鬆膝蓋，上半身向前傾斜。

「唔喔……喔、喔、喔喔喔……」

出生以來第一次滑雪。四片滑雪板在不太平整的斜坡上意外順利滑行。原來如此，因為腳踝用雪鞋固定，所以只要利用膝蓋就能順利滑行。只不過身體雖然理解箇中道理——

「喔、喔、喔喔喔！還是很可、可怕啊！」

「別擔心，這種坡度速度快不到哪裡去！小心別讓滑雪板疊在一起！」

「喔喔喔喔！唔喔喔！」

「講日文！」

実乃梨在小心翼翼的竜兒身後大聲說道：

「很好很好！你會滑雪了——！好厲害！我第一次滑雪是在小學三年級，爸爸就是這樣幫我的！」

「我、我覺得……有點丟臉！」

「為什麼？」

「我又不是小學三年級的女生，妳也不是我爸！」

「哈哈哈！說得好！賞你一個座墊！」

什麼說得好啊！竜兒的吐嘈也隨風飛散。現在的他的確能讓滑雪板保持八字形，慢速在雪坡滑行，也漸漸習慣如何保持平衡。雖然還言之過早，不過他覺得自己似乎已經掌握如何滑雪的訣竅了。

正因為如此，其他想法快速席捲腦袋，取代他心裡原本的緊張與舒暢。

例如腋下那雙手的觸感，還有貼近背後的呼吸氣息。

「……！」

意識到的同時，這些感覺更加鮮明地透過滑雪裝傳到竜兒身上。而且他也很在意旁人如何看待他們。

前陣子只敢抓住自己袖口邊緣的実乃梨，今天卻用這種姿態和自己靠在一起，如果真的討厭我，應該不會做到這種地步吧？她現在又是什麼表情呢？

「好了！差不多可以一個人滑了吧？我可以放手了嗎？」

還有——如今說不定可以期待與耶誕夜那晚不同的答案？

「櫛、櫛、枝……！」

妳真正的心意究竟——

「唔哇哇！不可以轉頭！」

「喔！」

一個晃動破壞兩人的微妙平衡，相撞的滑雪板立刻纏在一起，実乃梨往側邊摔、竜兒屁股著地，兩人都摔倒在地。

雖說是摔在雪上，還是摔得不輕，竜兒一時喘不過氣來。

「……好痛……要不要緊?」

竜兒急忙找尋実乃梨的身影。

「痛痛痛……ＯＫＯＫ——!我一點事也沒有!」

在竜兒後方的実乃梨拍拍滑雪裝上的雪站起來，重新戴好毛線帽看向竜兒：

「既然來滑雪，就要對這種小事有所覺悟!你把滑雪看得太簡單了!好!現在試著自己站起來!」

実乃梨以老師的模樣指著竜兒，「喔!」沒等竜兒起身就像外國人一樣仰頭向天，誇張地張開雙手：

「啊啊，不過真可惜，好不容易習慣了!話說回來……我的滑雪杖呢?」

実乃梨以不解的表情看著自己空蕩蕩的手。竜兒差點再次滑倒：

「不是妳自己把滑雪杖丟開的嗎!」

「咦!真的嗎?糟糕，撿回高須同學的滑雪杖，卻把自己的丟到一邊，真是太蠢了。我去找回我的滑雪杖!」

実乃梨踏著滑雪板，就算不靠滑雪杖還是能在坡度和緩的雪坡輕巧行動，不斷往上走去。雪地上只留下清楚的八字形痕跡。

被留下的竜兒只能望著她的背影，直到現在仍然站不起來。

不過雖然和実乃梨所說的不同，但是竜兒也覺得不錯——兩人的氣氛不錯。

如果真的這麼順利進展下去……為什麼自己還在愚蠢期待？明明已經被甩了，這樣會不會太不要臉？

環顧四周，再次確認自己一個人被拋下的事實。竜兒克制自己的過度興奮，盡可能無視內心升起的淡淡期待。

換口氣，告訴自己要保持冷靜，脫下自己一個人就不會用的滑雪板，可是腦子裡早已滿是蠢動。不行不行！要是不冷靜下來，怎麼探詢実乃梨的真正想法——

「喔！」

突如其來的衝擊把竜兒往前撞，臉狠狠埋進雪裡。到底是誰？竜兒抬起頭來——

「別傻傻站在這裡！木頭人——！」

這才發現自己被人輾過。

身後的人是大河——嬌小身軀端坐雪橇的大河，在滑雪場裡到處亂衝，還以一臉凶神惡煞的表情瞪著竜兒。竜兒一時之間不知道該如何反駁，只能倒在地上：

「妳……真……真的……真的是……妳……」

「啥？你說什麼？啊——嘖！擋路！我好不容易可以順利前進，你又害我停下來了！」

大河說完想說的話，重新在紅色塑膠雪橇上坐好，以難看的姿勢滑動雙腳前進，稍微加速的雪橇總算向前滑行，不料——

「喔……！」

「喂！」

又一次輾過面前的竜兒。

「夠了，我真的會被你氣死！你幹嘛跑到雪橇下面！」

「妳妳妳……妳這傢伙！」

起身的竜兒生氣了，一邊大喊一邊靠近大河：

「我才想問妳為什麼！為什麼要輾我？可以麻煩妳不要輾我嗎？我也不想被輾啊！」

「吵死了，吼得這麼大聲……怎麼了？你真的很麻煩，幹嘛那麼焦躁？遇上什麼討厭事了？好好好，我懂了，我就聽你說吧。這可是特別服務。」

大河用一臉了然於心的表情聳聳肩，俯視竜兒的眼神帶有「怎麼啦？」的意味，抬起的下巴擺出了不起的模樣，唇邊掛著落落大方的微笑。

那張臉、那種說話方式。

嗯啊啊啊啊啊！竜兒的喉嚨第一次發出這種哀號，意思大約等於美國人的「God Damn!」與中國人的「唉呀——！」竜兒則是用「嗯啊啊啊啊啊！」來表達。抱頭仰望天邊的他用力張開雙手大喊：

「討厭事就是被輾！被妳、和這台雪橇！還輾了兩次！」

「又不是我願意坐雪橇的。」

大河穩穩坐在雪橇上，用手撐著下巴，說出與竜兒的憤怒毫不相關的回答。「啥！」竜兒勉強回了一聲，同時心想：這種聽不懂人話的耳朵，乾脆丟掉算了！

「在我借了滑雪板過來這邊的路上，不小心弄掉兩次。而且滑下去的滑雪板兩次都正好撞到單身（30）。在第二次撿起滑雪板之後，我想走到大家所在的位置，可是一轉身滑雪板又狠狠打中她。」

「這……這真是……」

仔細注意會發現這番話有聽的價值——以後千萬不能靠近拿著長型物體的大河。

「所以她說很危險，不准我使用滑雪板，要我改用雪橇。這是教育者應該說的話嗎？嗯，反正我也不會滑雪，滑雪裝又是這副德性，怎麼樣都無所謂了。」

什麼！竜兒忍不住大叫，用手指著大河，眼睛閃閃發光：

「原來妳不會滑雪！」

2－C
逢坂

「幹嘛突然那麼高興？噁心的傢伙！」

雖然竜兒後腦勺被輾過的地方還在痛，不過姑且算是有所斬獲，他找到除了自己以外不會滑雪的傢伙。沒錯，他忘記還有天下第一笨手笨腳的笨老虎大河。

「我還以為我們組裡只有我不會滑雪，原來妳也不會。」

「咦？騙人！雖然小実和北村同學會滑雪很正常，不過是真的嗎？那些笨蛋也會？」

「自己看吧。滑得可輕鬆了。」

咦咦！大河看著從眼前輕鬆滑過的春田，同時發出呻吟。她像漫畫人物般揉揉眼睛，終於明白自己沒有看錯。

「世界末日真的來了……唉——滑雪無聊死了。為什麼要特地套上長板子在雪地滑雪？我們又不是住在雪國，這種東西一點意義也沒有。」

「我也有同感……不過妳別顧著抱怨，乖乖請北村教妳如何？那傢伙最愛教人了。還是說他已經帶著熱情教過妳了？」

「雪橇有什麼好教的？」

這麼說來倒也沒錯。穩穩坐在紅色雪橇上的大河顯得格外有說服力。

「你還不是一樣……不要只會說我，去找小実教你吧？」

「不好意思，她已經教過我了。都怪妳用雪橇輾過我，害我錯失追上去的機會。」

「啥？你這是什麼意思？不要什麼過錯都推給別人！沒品的傢伙！」

大轉撇過頭去，鼻孔「哼！」噴出白色霧氣：

「真是的……你這個樣子，我『一個人獨立生活』又有什麼意義？」

這麼說來，竜兒也想起自己很久不曾和大河單獨說話。不久之前還是兩個人每天、每個晚上都會做的事。光是這樣稍微聊聊，他也發現平常用不到的腹肌變得僵硬疲勞。

「……也對，真沒想到妳能夠持續下去。」

從竜兒住院開始——也就是被実乃梨拒絕的耶誕夜之後，大河便不再和竜兒一起渾渾噩噩過生活。在學校裡雖然會見面，但是真的好久不曾兩個人獨處。

「妳真的很努力。」

聽到竜兒的話，大河得意地挺起胸膛，甩開辮子說道：

「是啊！而且我要一輩子努力下去！所以你也要加油，感謝我的體貼！我才不是為了你努力一個人生活，最終目的還是為了我自己。」

——繼續練習一個人活下去，成為大人。

「好了，就是這樣。你快點讓開！否則又要被我輾過去了！」

「……看吧！妳明明就是故意！」

「唉呀，那只是表示方法不一樣。」

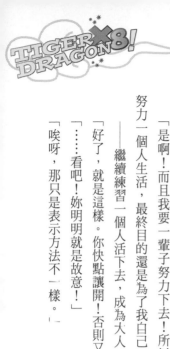

大河露出邪惡的冷笑，雙腳開始滑動雪橇，準備用力滑下平緩的滑雪場斜坡。

「……唔哇哇！」

這是天譴吧？雪橇當著竜兒的面往後一翻，濺起的雪花與藍天形成強烈對比。這麼漂亮的筋斗，就連竜兒也忍不住大叫：

「不會吧！我說妳……連坐雪橇都能摔倒，怎麼會有這麼……！」

「啊、好痛～～！嚇我一跳，太大力了！」

竜兒拖著沉重的雪鞋跑向大河，幫她把翻倒的雪橇推過去，準備扶起滿身是雪的大河。

「不需要！」

簡單的一句話拒絕他的好意，大河靠自己的力量站起，拍掉滑雪裝上的白雪，再次跨上雪橇。

「我覺得妳自己一個人滑雪橇……實在太危險了，還是別玩了吧？」

竜兒不由得用腳踩住雪橇。轉頭的大河「啐！」了一聲，用扭曲的臉瞪視他：

「少囉嗦，就跟你說我沒問題！腳拿開！快滾！」

「似乎可以預見……妳坐著雪橇滑下斜坡，結果停不下來，用力撞上木屋的牆壁之後骨折大哭……從此之後只要下雨天、天氣變冷、濕度變高，那個傷就會折磨妳一輩子……一定會是這種下場……真是可憐。」

「你……」

感到害怕的大河睜大雙眼。竜兒的話似乎影響了她，不禁緊繃著一張臉：

「嘴巴說擔心我，居然還能想像那麼不吉利的景象……」

「很有可能發生啊。特別是像妳這麼笨手笨腳的傢伙。」

「跟你說不會有事！我已經不需要你的照顧了！給我放開你的臭腳！」

大河以咬人的氣勢大喊，動著雙腳準備滑動雪橇。臭的不是腳，而是租來的雪鞋——竜兒一面想著這種無聊事，一面咬住乾裂的嘴唇。

沒錯，大河或許不需要我的照顧了。不對，比起需不需要，更重要的是不管危險與否，我都不應該踩著大河，阻止不停掙扎想要獨立自主的她。

如果用蠻力加以阻止，彷彿是自己不希望被早一步長大的大河拋下而鬧彆扭。

這麼做或許真的很沒出息。

「放——開——我！」

「……」

就在大河用力往前伸展的同時，竜兒也抬起自己的腳。

「呀啊————！不要突然放開————！」

「啊……！」

大河踢雪的力道大過竜兒的想像，沒有阻礙的雪橇一口氣衝下滑雪場，現在的竜兒就算伸手也來不及了。「停——不——下——來——！」大河留下長長的慘叫聲，直線滑了三公尺。

「喵——！」

直接撞上小雪丘。雪橇整個翻覆，大河也被拋向前方，臉埋進雪堆裡。「我就說吧……」竜兒低聲唸唸有詞。

「不用你出手幫我！可是我會摔倒絕對是你的錯！」

滿身白雪的大河低聲威嚇，竜兒站在原地高舉雙手表示自己明白、絕對不會亂動。

「啪！」

就在此時，一陣雪花突然從大河旁邊襲來，嚇了一跳的大河再度摔倒在滑雪場上。還在思考發生什麼事時——

「嘎哈哈哈哈哈哈哈哈哈哈！啊哈哈哈哈哈咈哈哈哈哈哈嘻哈哈哈哈！」

隨著連珠炮似的哄笑同時迴轉急煞，以滑雪板前端用力朝大河濺起積雪，同時笑到下巴快要掉下來的人，正是亞美。

「蠢蛋吉……妳這個混蛋……」

「真是蠢翻了！坐雪橇居然還會跌倒，真是宇宙奇蹟！怎麼會有這麼稀有的笨蛋！亞美美不禁要脫帽致敬，妳也未免太悲慘了？不過反過來說也是一種才能，嘎哈哈哈哈哈！」

亞美用滑雪杖指著大河，不斷飆淚狂笑。大河的眼睛逐漸改變，瞳孔圓睜，輕飄飄的頭髮開始倒豎。

「……川嶋，妳要不要快點逃跑？」

「亞美美的滑雪技巧，可沒有爛到會被一個連雪橇都不會滑的垃圾追上。來吧，不爽就追我啊？搞不好像漫畫一樣，滾成雪球來追我會比較快喔？噗──哈哈哈！」

先走了～BYE　BYE！亞美以悠哉的動作準備滑開，孰料──

「咚……！」

大河丟出的雪橇精準命中亞美的後腦勺。在發抖的竜兒面前，大河開始一聲不響攻擊直接倒地的亞美。

眼前的場景彷彿西藏的天葬，「住手！」倒在雪地上的亞美被大河壓住，任由大河拉開她的滑雪板，「嗚呀啊啊啊！」滑雪裝遭到拉扯，無力的四肢即將撕裂。

「在、在吃了……！」

竜兒見狀也感到害怕，用手按住自己的嘴巴。大河壓在吐出白色氣息的亞美身上，固定她的關節之後大口咬下。

「哈哈哈哈！」這時北村以莫名的爽朗態度經過她們身後，臉上掛著宣導影片裡常見的笑容一個迴轉，拿開風鏡露齒笑道：

「亞美和逢坂在做什麼?就算雪山的氣氛開放，也不可以做出奇怪的事喔！啊——！」

抖個不停的亞美以最後的力氣揮動滑雪杖，深深刺進北村的胯下。

＊＊＊

「櫛枝、亞美和春田是高級班；我、能登、木原和香椎是中級班；高須和逢坂是初級班。」

「好——」腳步有點內八的組長北村說完後，組員們也以有禮的態度加以回應。

天氣依然晴朗，午後強烈的陽光照得白色滑雪場更加耀眼奪目，閃亮到若是沒有風鏡恐怕會閃瞎眼睛。

下午依據能力分級，正式進入滑雪練習。大家一起來到纜車搭乘處，在這裡各自解散。

「有骨氣就跟著高級班一起上山吧?」

「……盡是說些自己也辦不到的事。我滑雪橇就好了。」

竊竊私語的竜兒和大河忍不住一起嘆氣。中午時已經聽說初級班根本有名無實，只是把一堆不會滑雪的學生聚集在一起玩雪橇、堆雪人。

為什麼愉快的校外教學要做這種事？可是仔細想想，這比勉強滑雪卻搞到受傷要好得多了。如果為了想和実乃梨在一起硬是參加高級班，害大家必須照顧自己，反而惹人厭。不管怎麼說，自己連踩著滑雪板站立都不會，總不可能要実乃梨一直在背後支撐我吧？

「那麼大家出發前往纜車搭乘處！跟我來！請把配給的纜車搭乘券掛在脖子上！」

北村充分展現領導力，魄力十足地站在最前面，大家也跟著北村開始前進。其他班的同學也陸續朝纜車搭乘處移動。抱著滑雪板慢吞吞前進的超鮮豔軍團，看起來十分壯觀。

麻耶快步追上北村，對著他說道：

「纜車是雙人座吧？我要和丸尾一起坐～～！」

聽到這番話，竜兒忍不住轉頭看向走在稍微後面的大河。大河只是以外國人的動作聳聳肩。八成是因為要搭乘不同纜車，再怎麼不願意也無能為力。

「好啊，我沒意見。不過妳不和香椎一起搭嗎？」

「我想趁搭纜車時和奈奈子互拍！我們一起搭就拍不到對方的全身照了。對吧，奈奈子？」

麻耶搖曳重新染成深色的長髮，戳戳好朋友奈奈子。奈奈子以一貫的優雅微笑說道：

「嗯嗯，是啊。」

接著看向旁邊的亞美。亞美轉動圓滾滾的吉娃娃眼睛，開心地嘟起嘴唇。美少女三人組之間似乎早已模擬攻略北村的作戰計畫。大河現在一定很焦慮吧！竜兒湊近大河的臉：

「……大河？」

「咦！幹、幹嘛？不要突然把臉湊過來！」

大河和竜兒的視線一交會，身體立刻彈飛五公分。

還問我幹嘛——竜兒不禁皺眉。大河的樣子分明很奇怪。最愛的北村就快被麻耶搶走，她還在搞什麼？

「……妳最近好像怪怪的？」

「最近？什麼最近？我哪裡怪了？很正常啊！正常正常正常，很正常！」

果然有問題，哪裡正常了？特別是她和北村的關係。

不只是現在的態度很怪。仔細想想，打從前陣子就有點不對勁，感覺上大河面對北村似乎比從前冷淡。

若是之前的大河，一聽到校外教學要分組，早就驚慌失措、大吵大鬧紅著臉表示：「我想和北村同學一組！」結果雖然和北村同組，但是知道這件事時，大河似乎更開心竜兒與実乃梨能夠同組。或許是因為之前發生竜兒遭到実乃梨拒絕的事件，可是大河應對北村的態度，該怎麼說，似乎變得冷淡……

「……你要幹嘛？別一直盯著我好不好，噁心死了！」

「……」

「叫你別盯著我！」

不，我偏要看。

我想起來了，難道是相反？竜兒想起在大河家裡，北村與大河兩人說話的情景。那件事也有點奇怪，他們兩人太自然、太親密，就像什麼也不用明說，光是「上次那件事」一句話就能心靈相通。

「……妳和北村一定發生了什麼事吧？」

「咦咦？哪、哪有！沒沒沒！沒有、沒有、沒……啊、算有、吧？雖說沒有，但是如果硬要說，算是有、吧？該怎麼說？這個……」

在壓低音量說話的竜兒面前，大河的臉有如紅綠燈迅速變換顏色，簡直堪稱特技。

「我、我沒和你說過嗎？對對對，有有有。就是過年時，我一個人走在路上偶然遇到他，所以一起去喝茶，只、只有這樣。然後去參拜，那個叫……新春參拜？就是一起去。」

「……」

為什麼沒告訴我？

——竜兒說不出口，他馬上判斷說出口之後氣氛會變怪，反而引起更大的事端。

為什麼不告訴我。

啊啊，這就是兩人感情變好的原因吧。

所以大河沒說出這件事，所以她能和北村冷靜相處。大河的反應不是冷漠，而是平靜。

「因為那時候你剛出院！那件事又那樣！總不好只有我一個人開心吧！我不是說了，我覺得自己有責任！所以——喂！我為什麼要跟你解釋！這算什麼？」

「……妳幹嘛突然發火！」

大河的臉上逐漸泛起紅潮，臉頰染成薔薇色，穿著雪鞋的腳用力踩踏雪地，大眼睛閃閃發光：

「為什麼我必須凡事向你報告？我也有些事不想說啊！想到什麼就說什麼的人才奇怪吧！不說不想說的事，有什麼不對！」

「我沒有說妳不對！幹嘛沒事發脾氣？果然有問題！難道妳背著我做了什麼壞事？」

連竜兒也被自己的語氣嚇到。聽到竜兒的話，大河愈發火冒三丈，忍不住大叫：

「你、你、你、你這種人！我怎麼可能全部告訴你！你這種人一輩子都不懂的事太～～多了！我死～～也不想告訴你！怎麼可能告訴你！」

「隨便妳！妳不想說就別說！我可是什麼都告訴妳！啊啊原來如此！原來是這樣啊！我無所謂、不在乎！如果妳不想說、不想讓我知道，妳就隱瞞到死吧！關我什麼事！」

「不用你說我也打算這麼做！我才想說你懂個屁！」

快要哭出來的大河拿起雪橇毆打竜兒，竜兒也不服輸地用雪橇反擊。為什麼我們會打起來？為什麼我要害大河哭？竜兒自己也不清楚，他只是覺得生氣，大河對自己有所隱瞞，還先動手攻擊自己，自己才會加以反擊。如果沉默不語，就只有挨打的份。

紅色雪橇與藍色雪橇咚咚互敲。在他們兩人背後，北村拉大嗓門喊道：

「你們幹嘛吵架！」

「還不是這傢伙！」竜兒不由得轉頭，大河的雪橇正好打中他的後腦勺。「你這種人你這種人你這種人！」連續打個不停。

「住手！能登！木原！」

「原來不是在說我們！」

竜兒忍不住跌跤，「你這種人哪裡懂啊！」正好躲過大河的最後一擊。用力過猛的大河反而摔進雪裡。

兩人終於注意到上演吵架戲碼的人，不是只有自己。

「你為什麼老是不要臉地妨礙我？真是煩死人煩死人煩死人煩死了！討厭——鬼！」

麻耶不理會北村的制止，用滑雪杖毆打能登。大河看到平常不太抓狂的人發飆，忘了自己的立場叫道：「她瘋了……」不過能登也不是省油的燈，抓住麻耶的滑雪杖反推回去：

「木原才是！老是想做什麼就做什麼！用盡心機只為自己的目的！妳才是心機鬼！」

「我才沒有耍心機，沒有沒有沒有！」
「妳有！絕對有！就只會想到自己！每次都這樣！剛才也是這樣——！」
能登推了一下眼鏡如此說道，又遭到麻耶的滑雪杖攻擊。
「……這、這是怎麼回事？」
「唉呀，你們結束了？這邊才正開始呢。」
奈奈子若無其事地與吵鬧的人保持距離，向竜兒與大河解釋事情經過。
剛才能登用酸溜溜的語氣對處心積慮想和北村一起搭纜車的麻耶說道：「木原又有什麼企圖了。」聽到這句話，生氣的麻耶也加以反擊：「和你無關。」能登回她一句：「老愛突顯自己，真是惹人厭。」——接下來就是大家看到的樣子。
「我很久之前就想問你了。能登，你為什麼老是阻擾我！到底為什麼？」
「誰阻擾妳了！我只是幫助好友追求幸福罷了！對吧，春田！我說得沒錯吧！」
沒～～錯！春田也加入戰局，和能登一起搭肩吐舌：
「真抱歉啊～～木原的心機，在我們看來實在是NO GOOD！真是太～～噁心了，簡直讓我們腳軟。」
「啥？你們這些蠢蛋要腳軟還是哪裡軟，關我什麼事！」
「好了——夠了夠了，住手！別吵了！怎麼會搞成這樣！」

実乃梨介入三人之間打算勸架：

「大家和平相處嘛！難得的校外教學！好了，別再吵下去！這裡就交給櫛枝！」

可是能登推了実乃梨的肩膀一把：

「什麼叫這裡交給妳！櫛枝就只知道裝瘋賣傻！很抱歉，我今天就是要把話講清楚！我真的太不爽了！」

「我才想要說清楚咧！」

麻耶與能登以更加凶狠的表情瞪著彼此。「我哪有裝瘋賣傻啊！」実乃梨大聲喊冤，但是能登與麻耶都沒在聽。一臉傷腦筋的北村只能先動手搶走兩人的滑雪杖。

「莫名其妙！到底為什麼會變成這樣！你們冷靜一點！別衝動！」

「……唉呀呀，看來還有另一個笨蛋。」

聽到青梅竹馬以甜美的聲音插嘴，北村臉上浮現無法掩飾的憤怒：

「……妳說的笨蛋，是指我嗎？」

「你不懂為什麼吵架，當然是笨蛋啊。唉——真討厭。我說祐作，你是天生遲鈍還是故意裝蒜？」

「妳到底想說什麼！少裝模作樣！把話說清楚！」

這下子輪到北村和亞美吵起來。或許是面對青梅竹馬用不著客氣，北村的語氣比平常刺耳三倍，而亞美更是高達五倍以上。

「你要我說對吧？你要我說清楚對吧？亞美美說的話，祐作只會故作天真『喔，我都不知道！』然後擺出驚訝的模樣，不負任何責任吧？你只會把自己擺在安全的位置，裝出一副事不關己的乖巧模樣。真好啊——你老是這樣，從以前就是這樣。」

「什麼？什麼叫安全的位置！什麼叫做老是這樣？我什麼時候那樣了？」

「……你是說真的？你真的不懂他們為什麼吵架？」

不會吧？亞美抬頭看向天邊，北村也不高興地望著她的臉。竜兒心想「北村就是這種人」能登與春田也用十分了解的表情互換視線。北村的個性就是這樣，女孩子幹嘛一副現在才知道的樣子。

原本始終旁觀的奈奈子也突然小聲說道：

「不會吧……丸尾，難道你真的那麼少根筋？這對人也是一種傷害……」

「嗚噎噎噎！」——麻耶哭了。奈奈子和亞美跑到她身邊抱住她。

「要不要緊？別哭了，麻耶！」

「好可憐……能登同學太過分了，我覺得你剛剛說的話很傷人，好好向麻耶道歉。」

「我？為什麼？是我造成的？搞半天結果是我的錯嗎？」

在麻耶的哭聲與亞美和奈奈子的冰冷視線下，能登唸唸有詞：「我也想哭好不好……」

那個樣子非常不可愛，但是很可憐。竜兒忍不住走近能登，拍拍他的背要他別在意。

「高須同學你們太過分了！嗚噎噎噎噎！」

「這次換成我是壞人嗎！」

流淚的麻耶瞪著竜兒：

「你佛是範我同一甚現嗎——？你拂拭但帶某涉邊嗎——？削本部榜我——！還系發那蝦火的肩膀——！嗚哇——」

麻耶其實是在說：「你不是和我同一陣線嗎？你不是站在我這邊的嗎？你卻根本不幫我！還去拍那傢伙的肩膀！嗚哇——！」

雖然她說得口齒不清，還好時常聽泰子說話的竜兒已經練就一身好本領。但是即使聽懂麻耶的話——

「我、我不是跟妳說過完全搞錯了！」

麻耶似乎完全不想懂，而且竜兒的話也傳不進麻耶的心（簡單來說，竜兒這種傢伙說的話，麻耶永遠也聽不見）。亞美摟著哭個不停的麻耶瞪視竜兒，就連奈奈子也是。「哼！」大河因為另一件事轉臉無視竜兒，走近亞美等人。這樣一來実乃梨當然只能以有些尷尬的模樣走近亞美。她同樣瞪著男生，但是沒有「哼！」無視他們。

亞美看過自己身邊的女生，面露滿意的表情點點頭，以女生之首的姿勢攤開雙手說道：

「好了各位，我們帶麻耶去洗手間！你們這些人真是太差勁了。」

瞪著男生的女生，踏著整齊劃一的腳步以麻耶為中心離開。奈奈子最後還轉頭說句：

「讓靠近自己的女孩子哭泣……我覺得這樣實在有點過分。」

在旁邊觀望的其他班級學生戳戳彼此的肩膀：「什麼什麼？發生什麼事了？」「好像吵架了！」「有人害女生哭了！」「咦——！」愛看熱鬧的傢伙擅自解讀這個現況。

留在原地的男生面面相覷，然後互相點頭。

我們絕對沒錯。

才不要向女孩子道歉。

因為我們沒有做錯事。

以心電感應交換彼此的想法，把手疊在一起「喝！」重新鼓起幹勁。這樣一來，誰還在乎滑不滑雪！誰還在乎小組行動！疊在一起的手馬上因為噁心而分開，四個男生一起搭上前往初學者路線的纜車。

他們並非想去玩雪橇，也不是想去堆雪人，而是想趁著今天好好說些不願讓女孩子聽到的牢騷。

5

結果竟然演變成無法靠近実乃梨的情況——等竜兒發現這點，已經到了晚餐時間，所有人都在飯店團體客人專用的餐廳裡用餐。

「喂喂！聽說你們和女生吵架了？」

「聽說你們惹得亞美生氣？你們到底幹了什麼？」

北村組的男生占據一張桌子，勉強把冷掉的褐色食物塞進嘴巴。其他組的學生則是眼睛閃著好奇光芒，紛紛靠過來低聲詢問。

「一言難盡啊……就結論來說，要和女生當朋友簡直是作夢。那些傢伙總是只顧自己、玩弄男生、把男生當垃圾、把自己的行為正當化。根本不可能以對等的態度發展友情。」

能登一面嚼著醬菜一面嘟起嘴巴。「好了好了，到此為止。」北村開口阻止。女孩子那桌的情況也大致相同，正在對其他組說三道四。

在開了暖氣還是很冷的寬敞餐廳裡，高中生像蜜蜂一樣東一群、西一群地到處吵鬧。在感覺隨時都會熄滅的日光燈下，所有人終於脫離那身滑雪裝，換上各自的衣服，大啖同樣的菜色。餐點實在不怎麼可口，不過和大家一起吃飯很開心——照理說應該是這樣。竜兒喝了一口味噌湯，嚥下嘴裡的飯。

對面的女孩子一定在說我們的壞話吧？麻耶直到現在還是一臉不悅，堅決不看往男生的方向。実乃梨偶爾露出傷腦筋的表情拚命展露笑容和麻耶搭話，結果卻不如預期。

再這樣下去，別說確認実乃梨的真正心意，恐怕到校外教學結束都無法和她對話、靠近她。我又沒和実乃梨吵架，不過現在這個狀況，其他女生也不可能讓我接近。

為什麼會演變成男女壁壘分明的局面？実乃梨隔壁的大河手握筷子，以困擾的表情望著乾巴巴的大隻紅燒魚。那個大胃王居然連一碗飯都擺不平，看來煩惱的人不只自己，大河八成也是。不過對於大河，竜兒完全沒有「到底為什麼？」的想法。先前的他是真正生氣，並且和大河吵架，直到現在還忘不了那件事——不，是被大河狠狠毆打的後腦勺，現在還痛得不得了。被打那麼多下，我卻連一次都沒能回擊，真是令人不甘心！

「喂～小高高，你要再來一碗嗎？我可以把這些飯全部吃完嗎？」

竜兒聞言抬起頭來，眼前只見抱著飯桶的春田。「我不吃。」竜兒搖頭回應，把飯全部讓給春田。因為紅燒魚難吃而食不下嚥的人不只大河，不過竜兒仍然動著筷子，以俐落的手法去除魚骨頭。

「沒食欲嗎？你從剛才開始就只是用筷子戳個不停，沒看到你吃半口。」

坐在身邊的北村看向自己，竜兒稍微停下手上動作：

「嗯？怎麼了？發生什麼事？」

「不……沒什麼。」

看到北村的臉，竜兒不禁想要放下筷子。他不小心想起無須在意的小事。

不只大河沒提到過年一起去神社參拜的事，北村也沒告訴他。仔細想想，大河在耶誕派對上消失身影，北村卻絲毫沒有過問，可見他們兩人已經在他不知情時見過面。竜兒的視線忍不住移開北村高挺的鼻子。

竜兒當然沒有傻到要求大河凡事都向自己報告，可是什麼都不說反而更不自然，好像大河和北村兩人串通起來瞞著我……這種心情該怎麼說，疏離感嗎？還是只有我在鬧彆扭？

竜兒閉嘴開始沉思。「我也有事不能告訴你！」聽到大河這麼說，自己心裡那種感覺是什麼？世界在我不知道的地方繼續轉動，人類在我不知道的地方各自生活——即使是這麼理所當然的道理，自己現在才感到驚訝。

明知道人與人互相了解的難處，也不曾自以為了解他人，可是我的想法果然還是自我中心吧？還是——

「你看起來沒什麼精神……是因為下午滑雪時和逢坂吵架的關係嗎？」

「不……只是肚子有點不舒服。不好意思，你們還在吃飯。」

北村對自身的事格外遲鈍，對其他人的臉色卻莫名敏銳。竜兒像是要逃離北村一樣起身離開座位，邊感覺背後的北村投來毫不留情的視線，一個人走出餐廳。

鋪著沒品味廉價地毯的走廊盡頭，是間寒酸昏暗的休息室，洗手間就在休息室角落。

大概是因為太冷的關係，裡面沒有半個人影。選張沙發坐下的竜兒忍不住嘆口氣。被問起去哪裡，回答上廁所應該不算撒謊。

大窗戶的另一頭是整片雪景。天色早已昏暗，還是不乏享受夜間滑雪樂趣的遊客。滑雪場上因為眩目的照明而反射白色光芒。

什麼時候下雪的？細雪在照明光線裡紛飛，美到讓人想用照片記錄下來。不過雖然這麼想，卻沒有力氣動手。竜兒擺出沉思者的姿勢閉上眼睛。

「……唉──唉……」

「抓到了！你在嘆氣！」

嚇了一跳的竜兒連忙轉過頭去。

抓到了！実乃梨站在那兒，邊說邊擺出Get's的手勢。（註：日本搞笑藝人丹迪坂野的招牌動作）她身穿黑色收腰休閒毛衣，拉鍊拉到下巴，下半身則是工作褲。

「怎麼可以一個人坐在這裡嘆氣呢？」

実乃梨堆起滿臉笑容看著竜兒。竜兒嚇得近乎喘不過氣來，腦袋一片空白。

「……妳為什麼在這裡……啊，上廁所嗎？抱歉，我只是在這裡坐坐，不用管我，去吧去吧，加油！」

還莫名其妙地對実乃梨擺出勝利手勢。不過……

「才不是！我是看到你離開餐廳，所以假借上廁所的名義跟著出來。」

「咦……」

「我想和你說些悄悄話。」

竜兒維持勝利手勢的動作僵在原地。実乃梨快步走到竜兒對面，在茶几另一側的沙發上坐下，正面湊近看著竜兒。從近距離可以看見她的黑眼珠發出深沉的光芒，竜兒的心臟彷彿被什麼揪住。原本想問「要說什麼？」但是一開口——

「所為何事……」

變成古人說話的語氣。不過実乃梨似乎明白竜兒的意思。

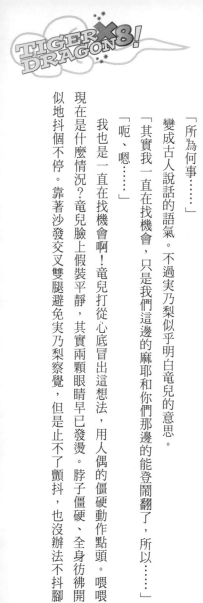

「其實我一直在找機會，只是我們這邊的麻耶和你們那邊的能登鬧翻了，所以……」

「呃、嗯……」

我也是一直在找機會啊！竜兒打從心底冒出這想法，用人偶的僵硬動作點頭。喂喂喂，現在是什麼情況？竜兒臉上假裝平靜，其實兩顆眼睛早已發燙。脖子僵硬、全身彷彿開玩笑似地抖個不停。靠著沙發交叉雙腿避免実乃梨察覺，但是止不了顫抖，也沒辦法不抖腳。啊啊，只有拜託上天幫忙了。

現在該不會就是——

詢問櫛枝実乃梨真正心意的機會？

得到不同答案的機會？

欲言又止的竜兒苦思該說什麼，可是正前方的実乃梨認真皺起眉頭：

「大家吵架了，我想要找個能夠圓滿解決的辦法。」

完全不提任何關於兩人之間的話題。

……噗哈！竜兒忍不住吐了一口氣。

這樣就好，沒什麼好著急，慢慢來就好。

「要……要怎麼做？」

「所以我才想找你談啊。因為……我不希望難得的校外教學，因為大家吵架就此結束。我希望大家能夠重修舊好，恢復以前的模樣。」

「關於這一點……我的想法和妳一樣。」

搞不好比妳更懇切希望——竜兒無聲回望実乃梨的眼睛。一臉認真的実乃梨點點頭，脫下拖鞋抱膝坐在過軟的沙發上：

「有沒有什麼好方法？說來整件事的主要問題……或者該說起因……就是麻耶喜歡北村

同學。」

「……」

僵硬的竜兒停止生命活動，幾乎快要變成石像。

「周圍其他人……這次是能登同學出言諷刺，所以才會吵架。也因為這樣，大家全都忍不住吐出各自的心裡話……嗯——真的很難解決……」

実乃梨沒注意到變成石頭的竜兒。竜兒差點暈過去，実乃梨居然能夠當著被自己拒絕的男孩子面前，大談其他人的戀情……！雖說実乃梨不曉得我好不容易才從殭屍狀態搖搖晃晃掙扎重生、想要重新開始。

毫無防備的她以無意識的動作把臉靠過來：

「高須同學應該也知道，能登同學之所以阻礙麻耶的戀愛之路，全是因為他『誤會』大河喜歡北村同學而想幫大河，才會和麻耶槓上……」

実乃梨的脫線反應，點燃竜兒心裡那把火——「妳在說什麼鬼話！」他自己雖然知道這不是主要原因，還是莫名想要回應実乃梨這句話。妳真的什麼也不懂！明明是大河最要好的朋友，直到現在還不知道大河的心意嗎？

焦慮湧上竜兒的心頭。

「……也許不是他的誤會。」

竜兒的聲音不知不覺變得尖銳，実乃梨因此睜大眼睛。

「就算是櫛枝，也不可能知道大河的一切吧？就算沒有告訴妳，但是說不定她真的喜歡北村。」

「……不可能。只要是大河的事我都知道，沒有什麼事不知道的。」

還要繼續嗎？竜兒原本想故意提起大河和北村一起去新春參拜的事，不過話到嘴邊還是吞了回去。就算說了也沒意義，他們並非為了對外宣傳才走在一起。再說這件事実乃梨知不知道，都不影響事實。

所以竜兒知道這件事，実乃梨不知道，也不曉得自己不知道。

「……總之事情比妳想的還要複雜，我也希望大家和好。」

「複雜……或許吧。或許比我、比高須同學所想的都要複雜。」

実乃梨稍微嘟起嘴巴，撥開有點礙事的瀏海。休憩室裡只有一點也不暖的空調聲音獨自迴響，竜兒因為有些尷尬而沉默不語。至於実乃梨也沒開口。

——他們兩人都有一些「沒說出口」的事。

実乃梨假裝拒絕竜兒一事不曾發生，也不打算觸碰這個部分。這些事即使她不說，竜兒也自認為能夠體諒。

至於竜兒其實根本沒有釋懷，這件事對他來說就算想忘也忘不掉，甚至還想翻出來往事重提、詢問実乃梨的真正心意，只是目前還說不出口。
想說的話全都哽在喉嚨，只能互相試探能說的限度。
先前明明還能泰然自若地聊天，為什麼現在卻做不到？
「……到底該怎麼辦才好？」
実乃梨低聲唸唸有詞，竜兒這才注意到兩人無法順利溝通的原因。
事實上，実乃梨和自己之間存在著無法抹滅的隔閡。
実乃梨似乎不打算配合竜兒，既然如此，就由竜兒主動配合実乃梨，也就是配合她假裝沒有甩人和被甩這回事，否則就無法消除隔閡。
然而現在的自己已經無法假裝忘懷。
「真希望有什麼魔法，能夠一下子就讓大家一切順利。」
「是啊……」
兩人就像咬合不良的齒輪，已經開始發出摩擦的噪音，再繼續下去一定會出問題。明知如此，無能為力的竜兒還是只能茫然不語。
假如他不配合実乃梨「什麼事也沒發生的世界」，兩人的齒輪就無法順利轉動。
可是這麼做就是欺瞞。
對——其實一路下來沒有一件事是順利的。

一起提大河的包包時也是、隔著窗戶說話時也是、在大河家廚房時也是、稍早滑雪時也是——相視而笑的時刻、每個時刻都一樣。

自以為兩人進展順利、在一起好開心、希望能夠繼續下去——這些想法都是竜兒成功欺騙自己的結果。扼殺自己的想法去配合実乃梨，掙扎著希望実乃梨也能改變，但是這種平衡在途中被人打亂，就像先前一起滑雪時一樣。

「嗯——我們必須做點什麼。難得的校外教學，這是最後一次一起玩了……討厭，難道真的只能這樣結束？」

実乃梨嘆了口氣，緩緩把手伸進口袋裡，拿出一個小東西，一隻手把礙事的瀏海往上撥，然後——

「……那個是哪來的？」

「嗯？髮夾嗎？這是大河給我的。她說是寶物，還要我絕對絕對要好好保管。可愛吧？啊、不是說我，我是說髮夾。」

滿臉笑容的実乃梨頭髮閃耀橘色光芒，那正是竜兒挑選的髮夾。這麼說來，竜兒當天把髮夾給了春田，大河硬要搶回來時班導正好出現——原來是在大河那裡。

「哈哈……」

竜兒笑了，用手遮著臉心想：

到此為止。

我已經完全明白了。當他看到実乃梨夾著代表思念殘渣的髮夾時，就知道齒輪已經完全故障。

硬是要配合原本就合不來的東西——看吧，下場就是故障。

実乃梨說要保持現狀、不想改變，希望大家繼續像現在這樣，永遠像現在這樣。

為了做到這一點，為了配合実乃梨的想法，竜兒必須隱瞞那個髮夾到底從何而來，一定得抹殺真相才行。他必須扼殺自己、抹殺自己的心意。

要配合実乃梨「什麼事也沒發生的世界」、笑著說「被甩一點事也沒有」、謊稱自己已經忘記，永遠和実乃梨保持同樣表情。

可是我已經辦不到了。

因為我和我的心有生命，如果想要扼殺他們，就會噴出血來。

想到過去的一切，原來只是実乃梨為了證明「一點事也沒有。」而刻意打造，那些互相碰觸的感覺、相視而笑的感受，全部都是刻意的。現在特地來找我也是，全部都是。

全部都是來自「那種小事」、「沒什麼大不了的」——這是実乃梨營造的一切。竜兒現在只能這樣想。

「啊哈哈……這樣嗎……原來是這樣。」

「……高須同學怎麼了？怎麼突然不說話？喂，到底怎麼了？」

「不！已經無所謂了。」

竜兒在遮住臉的手後方睜大雙眼。

我已經殘破不堪、已經受傷流血、已經無法忍受同樣的欺瞞。

実乃梨希望的「維持現狀」，每天不斷傷害竜兒的心。竜兒非常了解如果不照做就無法「維持現狀」。明知如此，她還特地挑在耶誕夜甩了我，而且依然堅持「維持現狀」。

我既傲慢又狡猾——竜兒終於明白過去実乃梨說這句話的意思。

也就是：如果你執意要喜歡我，就必須接受我的傲慢與狡猾，必須聽從我的要求扼殺自己的心，接受這一切。

問題是為什麼？

為什麼她不乾脆告訴我「我討厭你，不打算和你交往」？

啊啊——原來如此，是傲慢又狡猾的關係吧？是沒有傷人的勇氣吧？可是她的做法，實際上卻造成更深的傷害。

「高須同學……高須同學！怎麼了？發生什麼事？對不起，是不是我說錯什麼話？」

「沒事沒事，什麼事也沒有。」竜兒抬頭笑著離開沙發，往後退了兩大步，和実乃梨拉出一段距離。「你要去哪裡？」甚至沒有回應実乃梨的問題便轉身離去。

大家應該還在餐廳吧？竜兒臉上依然掛著笑容。他快步經過走廊回到吵鬧的餐廳，回到自己的空位前面：

「我肚子痛，先回房間了。鑰匙、鑰匙。」

「高須……」

他知道北村一臉驚訝地看著自己，也知道能登和春田同時閉嘴望了過來。

可是竜兒什麼也沒說，逕自抓起鑰匙離開餐廳。

＊＊＊

原本以為人生最悲慘的夜晚就是耶誕夜，沒想到這個紀錄這麼快就更新。

竜兒一個人回到充滿灰塵味道的昏暗和室，快速把堆放一旁的寢具在房間角落攤開，沒把多餘的床單邊緣折起來就直接鋪好睡鋪、拋上枕頭和棉被，還沒洗澡就直接穿著休閒服鑽進被窩。至少這一個小時……不，三十分鐘也好，讓我一個人靜一靜。竜兒希望不要有任何人進到房裡。

那個耶誕夜，他有家可回、有自己的床可鑽。後來因為染上流行性感冒，腦袋一片空白。從回家路上開始，記憶就有如夢境般模糊——一定是發高燒的關係。

可是如今眼前的一切都是現實，深刻無比的真實在眼前上演，深深刻畫在腦中。

櫛枝実乃梨絕對不會接受我的心意。她已經做好決定，這是無法推翻的現實。她想以「什麼事也沒發生」結束我的單戀。她從不曾，也不打算停止轉動自己的齒輪。我不曉得她為何做出這個決定，也不曉得她是在什麼時候決定。總之実乃梨絕不會接受我的心意，甚至不認同這個世上存在這份心意。她說這個世上沒有幽靈，ＵＦＯ也只是我看錯，意思就是我喜歡她的心意全是一場誤會——就是這麼回事。

就是這樣。

可是為什麼？

為什麼？

抱著枕頭的竜兒彎起身子，僵硬地閉上眼睛緊咬嘴唇，內心祈求：拜託，不要有人進來。不過此時的門卻響起「喀啦！」一聲。

「高須怎麼了？發生什麼事嗎？」

「你睡了嗎？我們很擔心你耶。」

「真的肚子痛嗎～～？該不會一個人偷吃什麼吧～～？」

他的祈求遭到上天乾脆拒絕。三個人伴隨雜沓的腳步聲，毫不客氣來到棉被旁邊。

騙人的吧——不好意思，這就是現實。

竜兒感謝他們的友情，但是現在的他只希望他們別理自己。竜兒假裝沒聽見，縮在棉被裡繼續裝睡。「喂～～喂～～」……春田的手指對準屁股正中央刺來。如果我真是因為拉肚子在睡覺，這麼一戳豈不是大事不妙？「咦～～？真的在睡覺啊？」不會看情況的春田開始動手掀棉被，竜兒也抓住棉被邊緣加以抵抗。

「……！」

「嘿！真的睡著了嗎～～？」

抵抗太過明顯也會遭到懷疑……竜兒還是讓春田掀開棉被。他感覺到笨蛋湊近的噁心氣息，拚命縮起身體閉著眼睛。

這個動作擺明告訴大家我的身體真的不舒服、現在只想一個人獨處。竜兒希望他們嗅得出「別管我」的氣息……

「……真的在睡啊～～真沒辦法～～我們就別管他吧！」

對對對，這樣就好。抱歉了，春田；抱歉了，大家。可是竜兒才稍微鬆口氣，下一秒的能登卻吐出衝擊性的發言：

「啊、喂，北村，你在幹嘛？為什麼突然動手脫衣服？」

竜兒裝睡的眼皮抖了一下。不會吧，住手。感受到極為不妙的氛圍與預感，竜兒忍不住屏住氣息。

「高須睡了，我想我也該準備睡覺了。」

「唔呀～～！你為什麼只脫下半身！變態大師……的小兄弟！」

「上半身我就穿這樣。我的包包，包包擺在哪裡？」

「呀啊啊啊～～！自由自在的小兄弟～～！」

「快把你的小北村收起來！」

北村……你的包包在櫃子下面！竜兒拚命發送心電感應，但是北村似乎完全沒收到。耳裡聽著北村隨興在榻榻米上走來走去的腳步聲，光是想像就很恐怖，更可怕的是腳步聲來到竜兒枕頭正上方，就停在頭上。他該不會跨在我頭上吧？竜兒腦中閃過可怕的畫面——

「唉呀……不妙，屁股好像有什麼不可思議的氣體……」

「這可是直接噴出來啊！北村，直接！沒有經過任何過濾！」

「咻～～！噁心死了～～！小高高好慘、超可憐～～！」

不會吧？

真的假的、真的假的、真的假的，騙人的吧！住手、住手、住手啊——「噗！」

「你……這個混帳～～！居然把充滿大腸菌的不潔毒氣，噴在我臉上——咦？」

竜兒終於起來了。

「……騙你的。」

「……你還真的信了。」

「……居然真的相信～」

三個笨蛋面面相覷。北村穿著運動服站在竜兒頭上，雙手交握擠出輕快的噗噗聲。

「你、們、這、些、人……」

整整五秒鐘，呆若木雞的竜兒只能愣在原地。

「……唔喔喔！你們知道我剛才承受多大的恐懼嗎！」

「抱歉。可是我們很擔心你，你看起來怪怪的。」

北村眼鏡後頭的眼神相當認真。抱頭的竜兒痛苦不已——你們的演技才怪！雖然想這麼說，但是說不出口。

「然後呢？到底是怎麼回事？」

能登拚命睜大眼鏡後面比北村小一半的眼睛（一點也不可愛）。春田也開口說道：

「腳好冷喔～讓我伸進去～」

把竜兒的棉被當成暖桌，硬是把腳伸進去。

「……也沒什麼……事。」

「沒什麼事會一個人回房間裝睡？高須上次不是擔心我、聽我訴苦嗎？這次換我、換我們想聽你說、想幫你的忙。我們很擔心你，所以告訴我們吧。拜託你了。」

北村端坐在榻榻米上，上半身湊近竜兒。竜兒十分了解北村說出這番話的心情，因為北村染成金髮時，竜兒也十分擔心。

可是北村不是也有不能說的事嗎？竜兒不禁這麼想。

「……好嗎？告訴我們吧？」

——竜兒瞬間為了自己的想法感到羞愧。

抬起眼睛，正好和看向自己的北村四目相對，能登和春田也同樣直視竜兒的眼睛。

這些傢伙是真的朋友。

是無可取代的伙伴。

我應該要相信伙伴做的事，如果伙伴有話不想說，我也應該相信他一定有不說的原因。

舉手投降——竜兒近乎無意識地舉起雙手。無條件投降，我認輸了。

「……我先前一直沒說出口……」

認輸的人必須讓步，這是男人的規矩。

猶豫良久的竜兒搔搔頭，然後——

「我、一直、很喜、喜、喜歡……」

終於從喉嚨擠出聲音。聽到這裡春田也不禁端正姿勢，而能登跟北村早已端坐等待。

「櫛、櫛枝……」

「……！」

「嗯……！」

「說下去！」

「耶誕夜那晚被甩了……」

「唔……！」

「……唔！」

「……說下去！」

「剛才、我們還在、那邊說話……然後徹底結束……」

「呃……」

「喔……」

「說、快說！」

「我就說結束了！」

萬歲！竜兒高舉雙手。才怪！再度全身虛脫，力量一口氣全部消失，腦袋變得一片空白，彷彿燃燒殆盡的灰燼。若是此時被風一吹，可能會化為塵埃四散消逝。

沒有人開口。

沒有人開口。北村偷偷看向能登，能登畏畏縮縮看向春田，春田緩緩看向竜兒。

……

「「「唔哇啊啊啊啊啊——————！」」」

天翻地覆。

四個人一起有如笨蛋「咦耶耶耶！」、「唔哇哇哇！」、「喔噗喔噗喔噗！」、「啊叭叭叭叭！」、「呀啊——！」鬼吼鬼叫、互相推擠，最後起身拍打棉被、痛苦翻滾、搔抓榻榻米、像蝦子一樣跳動。

「什麼時候開始的？櫛枝……櫛枝！真的是櫛枝嗎！」

「喂，為什麼會這樣？為什麼、為什麼、為什麼為什麼？」

「櫛枝？櫛枝？呃，櫛枝該不會是……那個櫛枝？真的假的～？」

嗯！竜兒揚起下巴：

「沒錯！就是櫛枝実乃梨！真抱歉，我已經暗戀那個莫名其妙的女孩超過一年！可是對方完全不把我當一回事！不相信我！否定我！否定我的心意……！為什麼啊啊啊啊！」

竜兒重重倒在棉被上。看是要吸入跳蚤還是什麼都無所謂了！過敏也沒關係！哭吧！事到如今，讓他們看見我的醜態也無所謂了！不想讓他們看見也來不及了！

「可是——櫛枝和你的交情好像還不錯啊？我記得好幾次看到你們在閒聊。」

「我也有印象！」聽到能登的話，以記性極差聞名的春田也跟著附和。你們這麼說根本算不上安慰喔？竜兒不禁想要否定他們的話。

「櫛枝為什麼拒絕你？理由是什麼？我無法接受這個結果！不接受！沒聽說她有男朋友，也沒聽說有暗戀的對象！不過櫛枝會喜歡的男生……似乎絕對絕對、不可能存在？到底是什麼原因？」

「我怎麼知道！你去問她啊！」

竜兒的回答好像是在遷怒。就在這個時候，北村乾脆起身：

「走吧，去問她。」

啥？竜兒仰望他的臉。

「我也無法認同這個結果。如果我是女生，一定會和高須交往。」

我也是我也是！還有我還有我！能登和春田也跟著大叫。北村的表情相當認真，用中指推眼鏡的動作，看起來毫不猶豫。

「啥————！別開玩笑了！」

「唉呀，說是為了高須的事去問櫛枝，其實是有事想對女生說。」

「既然如此，你就一個人去！別、別牽扯到我！」

北村把手輕輕擺在痛苦掙扎的竜兒肩上，以充滿智慧的表情胡說八道：

「高須，與其在這裡睡覺，不如堂堂正正面對櫛枝和那些女生。今天發生太多事，我的腦袋也快要爆炸了，乾脆我們徹底和女生說個清楚吧！爭吵不會有任何好處！互相了解才是社會安定的第一步！畢竟這個世界只有男生和女生！」

「少來少來少來！這樣很奇怪吧？別把我扯進去！拜託！」

竜兒揮手企圖阻止北村的胡作非為——

「高須，我也有話想對那些女生說，所以一起來吧。我記得女生的房間在樓下。」

「小高高！這可是為了幫小高高報仇喔！我們重要的小孬孬……什麼小孬孬，是小高高！竟然甩了我們重要的小高高，我絕對饒不了可惡的櫛枝～～！」

「好、走吧，現在就去！」

「走吧走吧，大家一起去！高須也一起去！」

「吃我這招～～吃我那招～～可惡的櫛枝～～！」

竜兒抓住幹勁十足的北村，打算阻止他：

「別去別去別去！叫你別去！我們先坐下來，好嗎？」

「能登，鑰匙帶著！我們走！」

竜兒的手被北村順勢拖出棉被。「等等等一下，你們來真的嗎！」所有人認真點頭：

「高須，這是忠臣藏，你是赤穗藩主淺野長矩，我們則是赤穗浪人。」（註：「忠臣藏」是赤穗藩主淺野長矩遭吉良義央陷害而切腹，赤穗浪人替藩主報仇的故事）

「這不就是拿我當藉口嗎！」

「對了，櫛枝是吉良。不過我們是紳士，只是想找女生談談。好了，房間上鎖完畢。」

「怎麼可能只是談談，一定會吵起來吧！」

「喔～～奇樂（註：日文發音與『吉良』相同）很帥喔～～我收集全套了～～！雖然故事有點難懂～～！我也把頭髮剪一剪好了～～可是拿漫畫去髮廊會不會太丟臉了～～？」

「你講的和我們說的根本是兩回事！」

趁著春田散發蠢蛋氣息之際，北村與能登早已離開房間，春田也馬上跟進。

「算了！可惡！我……我我我不管了！隨便你們要怎麼搞！」

竜兒快哭了，卻又擔心少了自己就演不成忠臣藏，只好跟上朋友的腳步飛奔而出。

＊＊＊

「妳們這些女生！我們來報仇了！快點乖乖把門打開……咦？原本就開著？」

北村握著廉價門把，門就突然開了，嚇得他眼睛差點沒掉出來，連忙回頭看著眾人。嘴裡說著「讓開讓開，給我。」的竜兒正準備把門關上——

「真是LUCKY～～～！嘿嘿，可惡的女生～～～！妳們該不會是正在換衣服又故意不鎖門的暴露狂吧～～～！」

「進去吧，北村、高須！」

春田毫不遲疑地敞開房門、攻進房間，能登也跟在他後面推著北村的背、拉住竜兒的手。四人一起跑進女生房間，竜兒的身體不禁為之僵硬，作好心理準備等待一陣恐怖的慘叫和痛罵。可是——

「咦？搞什麼？根本沒人嘛！」

「真的……太不小心了吧。話說回來，這是什麼？」

竜兒環視四坪大的房間，緊皺眉頭的表情彷彿鬼上身的老妖婆。這間房間真的和我們那間同樣格局嗎？

五個人的行李隨意放在榻榻米上——拉鍊有拉上的還算好，好幾個包包拉鍊大開，裡面的東西全部跑出來。可以看到牙刷、電熱髮捲、掛著一大串吊飾的手機、小包包、雜誌，還有不知名的女性物品散落一地。脫下來的滑雪裝隨意亂放，就連制服也只有兩個人把外套、四個人把裙子用衣架掛起來。最後還有一隻襪子丟在牆邊。竜兒最無法忍受奇數的襪子。

「怎麼可以這麼邋遢……！喔喔……！」

「克制一點，高須！不可以動手整理！」

北村按住竜兒的肩膀加以制止，竜兒忍不住渾身發抖。附帶一提，男生房間在竜兒的管理之下，所有人都確實把行李擺進櫃子裡，脫下來的制服也理所當然用衣架掛起，滑雪裝也在擦乾後晾在窗邊。除此之外還規定用完的私人物品一定要順手收回自己的包包裡。

因為四五名高中生要住在四坪大的空間裡，如果不確實收拾乾淨，就無法確保個人空間的舒適。再加上散亂的東西會吸引更多東西，一旦有人亂丟東西，附近就會出現愈來愈多東西。生活的地方髒亂，生活在其中的人們精神也會為之散漫。如果我們是住在這麼亂的狹窄房間裡，心情肯定好不到哪裡去。

可是沒想到……雖然只有三天兩夜，難道她們不希望舒服一點嗎？至少要先處理制服和滑雪裝啊！滑雪裝會發臭，制服的裙襬也會亂掉……不，不行！竜兒咬緊嘴唇，努力不看想要動手整理的區域。

「門也沒鎖，加上這個模樣……她們該不會以為這是自動鎖，跑去別的房間玩了吧？還是去洗澡？話說回來，她們到底帶了多少零食？」

能登傻傻看著房間的慘狀，然後「啊喔！」叫了一聲。

「怎麼了～～小登登！」

「看到了！看到細肩帶上衣了！藍色的！」

「我找到濕毛巾～～！耶～～！」

能登和春田高舉得手的寶物，眨眼互相讚許對方驍勇善戰的精神。2年C班的良心北村在一旁出聲勸諫：

「喂喂，你們給我住手！怎麼可以——高須也給我住手！」

「呃……這不一樣，我不是那個意思。」

竜兒把忍不住撿起的某人襪子藏在背後。

「真是的，連高須也這樣……不可以亂動私人物品！好了各位，放回原位！喔、糟糕，我踩到什麼？這是什麼……香精乳液？喔……這是護手霜，還是擦臉的呢？嗯——是香精，味道像香精。」

「我看看。喔……」

「香精耶！香精……」

「唔呵～味道聞起來好色喔，嘻嘻。」

北村把軟管裡的乳液擠在手背上，所有人嗅著北村手背的味道。搓開乳液的北村說聲：

「嗯，滑溜溜的。」——一點也不像2年C班的良心。

「……嗯嘻嘻！」

春田突然笑了：

「我們這個樣子～旁人看來根本就是變態～～會被抓走吧～～」

「說什麼蠢話。我們是來報仇的喲？至少日的很正當。」

沒錯沒錯——聽到能登的話，竜兒和北村也跟著點頭。

「不過現在的我們真是糟糕～」

這麼說起來……唉，外表看起來的確很糟糕。

春田脖子上掛著某人用過的毛巾、能登手裡抓著細肩帶上衣、竜兒偷藏襪子、北村將乳液擠在手上，還陶醉地聞著香氣。

北村輕按手背說道：

「……看起來的確有點糟糕，不過我們不是過來亂翻女生物品的變態。雖然現在看起來會讓人想到變態，但是我們只講結果，只要在女生回來之前把一切復原再重新進攻，那就沒問題了。各位認為呢？」

真是完美的演說。在場人士都一致贊同，但是就在這時——

喀嚓！為了女生私人物品而騷動的變態們所在房間裡，突然響起門鎖開啟的聲音。

＊＊＊

無巧不巧，進來的人是大河。

在千鈞一髮之際，所有人都衝進壁櫃裡，心臟同時狂跳不止。回房的人可是女生裡最凶暴，而且最難溝通的大河。

從壁櫃拉門微開的縫隙透進一道光線，可以從門縫看到房間裡的情況。

「慘了慘了……」

噓！竜兒打斷春田的呻吟，可是自己也絕望到快要失禁。眾人不禁躲進壁櫃裡，就結論來說，大家都成了變態——不，根本就是大變態。現在的樣子比為了無人房裡的私人物品興奮更糟糕兩倍。這樣一來，哪有立場說什麼「正當」、「進攻」？根本沒資格！

竜兒等人嚥下口水，當今之計只有躲起來觀察狀況。大河不曉得竜兒等人在看，隨手把鑰匙丟在榻榻米上，更沒注意到房門根本沒鎖。

看來是剛洗完澡。

穿著連帽T恤和成套長褲的大河，頂著一頭濕漉漉的長髮。紅著臉嘆口氣的她先用肩膀上的毛巾擦頭髮，拿起丟在房間正中央的吹風機，拉開電線四處張望，似乎正在找尋插座。

插座明明就在大河眼前牆上的醒目位置，大河卻失望地垮下肩膀：

「沒有啊……」

竜兒從坐墊上滑下來，如果不是一屁股坐在能登腳上，恐怕早就發出聲響。

「高須……！」

「抱歉……！」

他用比呼吸更小的聲音向能登道歉。誰教大河實在太蠢，居然沒看到眼前的插座就拋開吹風機。就在竜兒想著她要怎麼處理一頭濕髮時，大河像是突然想起什麼，大步走到冰箱前方，開門拿出預先買好的瓶裝茶飲。

大河站著打開保特瓶蓋，剛洗完澡的她一手扠腰，準備以豪爽的動作喝茶。

「……咳咳！」

被嗆到了。

茶因為咳嗽而流出來。大河看了一眼，只是說聲：

「真是的。」

現在不是說這種話的時候……壁櫃裡的人同樣感到鬱悶。竜兒咬牙切齒看著滴在榻榻米上的茶。要是不快點擦掉，榻榻米上會留下茶漬！

是大河接收到竜兒的心電感應嗎？她立刻用擦頭髮的毛巾蹲下來擦拭。這樣一來溼頭髮怎麼辦？在擔心的竜兒面前，大河用動作回答他的問題：用同一條毛巾擦頭髮。

咦咦咦……！春田也發出叫聲，更別提竜兒已經為之失神。無法想像！無法想像！無法想像！啊～～大河，妳的神經為什麼那麼大條？竜兒再次看向小心喝茶的大河側臉，她簡直像個人偶、有如童話故事裡的公主一般可愛，誰知道——「嗝！」求求妳不要這樣！也不要打嗝！

大河蓋上保特瓶的蓋子，一手拎著瓶子再次在室內亂逛，一邊用擦過茶漬的毛巾擦頭髮一邊走動。

「……哇！」

被某人的行李袋絆倒，臉朝下摔了一跤。光是這樣就足以引起壁櫃內所有人騷動，可見有多麼神奇。

「啊，好痛！」

原本拎在手中，喝到一半的保特瓶正好打中大河的頭。「……！」「唔……！」男孩子只能用手摀著快要笑出來的嘴巴，不停扭動身體——笨拙大神就他們眼前。不過對大河來說，這種程度只是家常便飯。

「唉喲——搞什麼……嗯啊……」

大河邊按著頭邊露出悠哉模樣，摔倒在地的她順勢一翻在榻榻米上躺成大字，不斷打著呵欠。一邊扭腰，一邊閉上眼睛哼歌：「知了知了♪知了知了♪」——大河哼的歌根本就是蟬叫。不行了！

「……噗哈！」

「！」

犯人是竜兒。

壁櫃裡一片緊張，其他三人無聲毆打竜兒的背，可是已經發出的聲音無法收回。大河當然也注意到異狀，以貓的動作快速起身，反手抓住保特瓶，眼睛與表情都帶著恐懼，臉色蒼白彷彿面具，只有扼殺情感的眼睛閃閃發光，極盡所能地睜大。大河的雙眼在房裡搜尋，轉了一圈之後突然發現什麼，瞪著壁櫃停下動作。

大河的右手高舉保特瓶，左手擋在臉前，以純熟的腳步慢慢走近壁櫃。就在此時，發生了意想不到的情況——

——老虎該不會鎖上門睡覺了吧。

——有可能，的確像是老虎會做的事。

啊哈哈哈哈……外頭傳來四個人的笑聲，還可以清楚聽到麻耶和亞美的聲音。走廊上女生的聲音，穿過飯店的單薄牆壁傳進壁櫃裡。聲音很靠近，似乎快要進來了，而眼前的大河正打算伸手打開壁櫃拉門。

「嘿！別出聲！」

失笑出聲的人是我，我要負責。向天祈禱的竜兒比大河更快一步打開壁櫃的拉門。

「咿咿咿咿咿咿咿咿～～～～～～～咿咿咿咿……！」

人類在遇上真正恐懼時，反而發不出叫聲。大河像遭到絞殺的小猴子般慘叫、翻白眼，雙腳癱坐在突然現身的竜兒面前。這也是理所當然，就算壁櫃裡全是認識的人，只是突然一群變態擠在裡面，其中一人還跳出來把她拖進去。

「拜託拜託拜託妳別出聲！對不起對不起對不起拜託原諒我！」

「突然跳出來來來竜竜竜……兒兒兒兒兒……！」

帶著鬼上身的老妖婆臉孔，竜兒不但跪下道歉，同時抓住大河僵硬的手把她拖進壁櫃下層。在大河昏過去之前，竜兒像個被人發現有外遇的丈夫般說道：「之後我一定會向妳解釋。」在千鈞一髮之際——

「救……！」

「咦?門沒鎖啊。喂，老虎!妳也太不小心了——!」

房門「喀嚓！」一聲打開，麻耶的聲音響徹房內。北村幾乎在同時輕聲關上壁櫃拉門。

命——！大河想求救。

「這是我這輩子唯一的心願……一輩子的心願……一輩子的……心願，拜託……」

竜兒成了真正的變態，輕聲在大河耳邊吐出熱氣加以請求，同時用全身鎖住大河的身體。他感覺得到大河的確是剛洗好澡，溫暖的體溫透過連帽上衣和長褲傳來。

就算是大河，好歹也是異性，這種行為真的會被逮捕，更別說竜兒還用力摀住大河的嘴巴。大河以野獸本性用牙齒使勁咬下，竜兒努力忍住哀號。濕淋淋的腦袋就在竜兒下巴不停暴動。鏗！堅硬的腦袋撞了過來。即使如此，竜兒還是沒有發出叫聲。不能再犯同樣的錯。

竜兒突然意識到自己用力抓住的手有多纖細、抱住的身體有多瘦弱，一瞬間害怕自己太用力，卻又因為大河拚命抬起下巴的力量而感到安心。與罪惡感有點不同的微妙情緒，隨著疼痛煙消霧散。

「咦?大河不在……她不是說要先回來弄乾頭髮嗎?」

「鑰匙在那邊。會不會去廁所了?啊——泡澡真舒服——!雖然不是溫泉，不過有那麼大的澡堂也是很舒服的——」

「我也是。等會兒還想再去泡一次。熄燈時間之前，要去幾次都可以吧?」

「奈奈子真的很喜歡泡澡耶。如果妳要去，我也要一起去，正好可以減肥。話說回來，亞美真的不拍寫真集嗎?一定超有話題的!」

「會嗎~~?可是我又不打算當藝人~~」

回到房間的実乃梨、亞美、麻耶和奈奈子開始閒聊、借用化妝水、邊吃零食邊打開電視，大家一起吵吵鬧鬧，沒有人注意到壁櫃裡的性騷擾。老實說，光憑竜兒的力量，沒辦法持續阻擋大鬧特鬧的掌中老虎。

讓大河逃掉可就大事不妙，被揭穿只是時間的問題嗎——就在他這麼想時。

「……我想到一件事，老虎該不會一個人跑去男生房間吧?去找丸尾他們?」

用毛巾包著長髮，以粗魯姿勢坐在榻榻米上的麻耶如此說道。聽到自己的名字，大河忍不住抖了一下。躲在壁櫃上層的北村應該也抖了一下。

坐在麻耶對面，在臉上塗乳液（就是剛才北村塗在手背上的那個）的奈奈子笑著說道：

「老虎一個人去男生房間？怎麼可能？妳想太多了。」

「啊，可是搞不好她去找高須同學做什麼，正巧祐作現身——這也不無可能吧？」

「『做什麼』是什麼？」奈奈子吐嘈亞美，竜兒也和奈奈子同樣想法，什麼叫「做什麼」啊！題外話，高須同學正把老虎監禁在壁櫃裡。

「咦——？如果真是這樣，人家超不喜歡的！話說回來，老虎到底怎麼回事？她真的在追丸尾嗎？說了一大堆，看起來她還是和高須同學最要好吧？前陣子去老虎家時，高須同學還幫忙洗碗耶！這代表他常去吧？會不會喜歡丸尾只是大家的誤會，其實她正在與高須同學交往？如果真是這樣就太好了！」

——原本一直抵抗的大河突然停下動作。事情發展至此，大河似乎也不太方便出去。竜兒見狀也放鬆力道，不過大河沒有衝出壁櫃大喊：「我剛剛一直在這裡！」在壁櫃縫隙照射進來的光線之下，大河一臉緊繃，屏住呼吸不動。瞬間看了一眼竜兒的臉，竜兒覺得她是在說：你給我記住……

「櫛枝，妳有什麼看法？妳和老虎感情最好，應該知道吧？老虎到底是喜歡丸尾，還是高須同學？是高須同學對吧？」

「唉呀，妳問我這個問題，我也不知道該如何回答。不如等大河回來再直接問她吧？」
実乃梨用夾子固定洗好的頭髮，偏著腦袋回答。
「咦～～？老虎怎麼可能告訴我們！話說回來，妳好像從剛剛開始就不怎麼開口……怎麼了嗎？」
「有嗎？可能是滑雪太累了，我從剛剛開始就有點想睡。」
「咦～～今天晚上可不讓妳睡喔～～！我們要來個GIRL'S TALK！我想問妳，高須同學如果因此和老虎在一起，妳沒有任何意見嗎～～？」
「実乃梨『啊痛痛痛痛～～』然後什麼都不說♡」
「哈！」亞美意味深長的笑聲，讓房內空氣瞬間凍結，壁櫃下層的空氣也同時凝結。
「咦，怎麼了？亞美那句話是什麼意思？人家也好想知道！奈奈子也想問個清楚吧？」
「嗯，當然想問。這麼說來，亞美前陣子也說過只有櫛枝聽得懂的話。」
「唉呀呀，妳們兩人也聽出來了～～？実乃梨對不起，因為妳一直裝蒜，所以亞美美忍不住就多說幾句。」
実乃梨沒有開口，只是看著亞美的臉。亞美眨著一如往常的吉娃娃眼睛，刻意擺出可愛的笑容回看実乃梨。
「喂喂，妳們兩個別只顧著自己眼神交流，快點說啊，亞美！」

「……麻耶這麼說耶。実乃梨，妳打算怎麼辦？要說嗎～～？」

在偏著頭的亞美面前，実乃梨總算開口：

「……說什麼？」

竜兒嚥下口水。話題固然令人心驚，但是最可怕的還是実乃梨的表情——稍微瞇起眼睛、抬起下巴直視亞美的臉。竜兒之前見過一次這個表情，而且片刻不曾忘記，就是校慶練習時，実乃梨來問有關大河父親的事。這個表情表示她真的生氣了。

可是亞美沒有退讓，唇邊還露出悠哉的笑容，美麗的臉龐彷彿在宣告接下來才是黑心女王的真正實力：

「其實実乃梨拒絕了打算在耶誕夜告白的高須同學喔！妳忘了嗎？唉呀～～真不愧是對方主動追求的人氣少女～～！超悠哉的～～！好帥～～！原來甩了之後就沒有記得的必要～～！啊哈哈！」

「啊？咦？唔耶耶耶耶耶！什麼什麼，怎麼回事？高須同學向妳告白？真的假的！」

「然後妳拒絕他了？在耶誕夜？不會吧！為什麼亞美知道這件事！」

「這個嘛～～我為什麼會知道呢～～真是不可思議～～」

不理會興奮的麻耶和奈奈子，嘆口氣的実乃梨冷冷開口：

「……亞美，為什麼要提起這件事……」

聽到這句話，亞美的回應是——

「因為妳一直在裝傻啊。我覺得妳真——是——厲——害，能擺出什麼事也沒發生的模樣，隨～～便說些應付的話。」

亞美毫無修飾的聲音令人害怕，強烈的語氣似乎準備和実乃梨吵架。

「高須同學喜歡的人不是老虎，而是妳吧？不過卻被妳拒絕了，但是妳還裝出什麼都不記得、超級少根筋的樣子說什麼『大家好好相處！』『希望能夠一直像現在一樣！』……啥？妳真是會說話，該說是可怕嗎？甩人的女生向被甩的男生說好好相處！說和以前一樣！這要對方怎麼承受！滑雪時也是，故意靠近對方，妳的做法是打算告訴大家自己少根筋、自己沒意識到那樣做有什麼意思嗎？妳不知道這樣很殘酷嗎？」

壁櫃裡的人與房裡的女生不由得屏息以待。當事者與非當事者都說不出任何話來。

「……妳什麼時候看到我完全不在乎了？妳真的看到了嗎？妳對我又了解多少？妳看得見我的內心嗎？更重要的是，這跟妳一點關係也沒有，不需要妳插手。」

只有実乃梨開口。

「和我無關是嗎？喔——這樣啊，真是抱歉。可是當我聽到妳拒絕高須同學時，我的想法是『因為罪惡感吧。』原來和我無關。」

「我說過和妳沒有關係，也不懂妳是什麼意思。如果妳認為我看起來無所謂，隨便妳，別管我。」

「如果和我無關就好～那麼也不是『罪惡感』的關係囉。什麼嘛，我還以為妳雖然對高須同學不是完全沒有好感，不過因為妳對某・個・人懷有罪惡感，才會拒絕高須同學～～原來如此，原來実乃梨只是單純討厭高須同學，才會拒絕他的～那麼亞美美明天就幫妳告訴高須同學『実乃梨是因為討厭你才會拒絕你。』如何？與其像現在這樣藕斷絲連，快刀斬亂麻讓他死心會比較仁慈喔。」

「……妳愛怎麼做就怎麼做。」

「OK——收到！啊、不如現在就去告訴他吧？」

「……我不是說過了，隨便妳。」

「……妳真的很愛裝好人。」

「……什麼意思？」

「……是啊，什麼意思呢？」

夠了夠了！別鬧了！麻耶做好必死的決心介入兩人之間。彷彿凍結的時間終於吱嘎動了起來。

「亞美，妳到底怎麼了？別這樣嘛，難得的校外教學居然吵架！我收回剛才的話！最令人生氣的人是能登！就是這樣！櫛枝也別計較好嗎？求求妳！」

站在実乃梨旁邊的奈奈子也開口說道：

「等一下老虎回來看到妳們兩人吵架，一定會很難過。老虎的父母離婚了，我家也是單親家庭，所以我了解每次看到別人吵架時，總會想起自家父母吵架時的家中氣氛。現在……亞美，妳說得太過分了，道個歉讓事情到此結束吧。」

亞美沉默了一會兒，總算開口道歉：

「……実乃梨對不起，我一不小心就說得太過頭了，可以把它忘了嗎？」

亞美稍微低下頭。実乃梨看到亞美的樣子，也用力拍手：

「嗯！這樣就扯平了！好，我已經忘了！」

原本僵硬的氣氛終於緩和下來。

「對了，老虎到底去哪裡了？我們出去找她，順便轉換一下心情吧？」

麻耶刻意以開朗的語氣開口。所有人都希望能夠改變現在的氣氛，因此幾名女生互相點頭，然後走出房間。

唰──壁櫃的門拉開。

「……總覺得看到絕對不該看到的事……！」

第一個鑽出櫃子的人是北村。能登和春田也跟著滾出來。

「該怎麼說，櫛枝……呃，我開始覺得幸好沒問她什麼奇怪的問題……」

「重點是她們在吵什麼我完全聽不懂！只有我不懂嗎？亞美為什麼會和這件事扯上關係？小高高，告訴我為什麼～～？」

「我……我也想問啊！搞什麼嘛……這傢伙也是……那傢伙也是……！」

陷入混亂的竜兒也從櫃子下層爬出來。

「……你這傢伙……臭小子……王八蛋啊啊啊啊啊……！」

大河甩動濕漉漉的長髮，滿臉不曉得是憤怒還是其他原因而通紅，氣喘噓噓站起身來。來了，對掌中老虎做出這種事，竜兒早就作好心理準備——所以馬上乖乖閉上眼睛。

「熬、考、咬、咬緊牙根！」

竜兒等待大河全力賞他一巴掌，「啊啊啊……！」可是大河的右手不知為何揮空，整個人順勢倒在榻榻米上，難為情地用手遮著通紅的臉。

「太難堪了！這到底是怎麼回事……為什麼我會被捲進來？你們也就算了！回自己房間一切就結束了！可是我該怎麼辦！我要繼續裝作不知情，和她們睡在一起兩個晚上！在氣氛詭異的小実和蠢蛋吉面前裝傻、演戲……！」

「啊～～對喔，好慘～～」

「腦殘毛蟲閉嘴！可是、可是、這到底是怎麼回事……為什麼小実和蠢蛋吉會吵起來？難道是我不該把事情告訴蠢蛋吉嗎……？」

在場沒有人能夠回答大河的問題。男生正為了看到不該看的女生吵架場面，尷尬地交換視線。

「總而言之……」

眼鏡滑下的北村低聲說道：

「總而言之，我們什麼也沒看見。逢坂在回房間的路上遇到高須，所以站在走廊上聊天。回到房間才發現其他人似乎回來又出去了……這樣可以嗎？」

看到北村望著自己的視線，大河雖然滿臉通紅，還是乖乖點頭。北村看著大河，拍了自己的額頭低聲補充：「都怪我太得意忘形，才會造成這種下場。」他的話是什麼意思，竜兒也不懂，不過似乎不是針對自己，所以沒有多問。

接下來就是離開這裡——壁櫃裡的變態終於平安脫困，大河卻必須一個人留在女生房間假裝不知情度過兩晚。她的語氣充滿怨恨，目送撤退回房的變態說道：

「……話說回來，你們到底來做什麼……？」

6

今天早晨一改昨天的晴天，天空覆蓋層層烏雲。

天氣預報還說早上可能有暴風雪。現在雖然沒有風，但是滑雪場已經開始飄雪。

「手還好吧，高須？」

聽到北村的聲音，竜兒回頭揮揮戴著手套的右手：

「沒事，只是有點麻。」

竜兒在早餐時燙傷了——被那名稀有笨蛋燙到的。全體同學在餐廳吃飯，竜兒看到起身準備再盛一碗味噌湯的大河，於是從背後小聲問道：「結果如何？」因為女生今天還是無視男生，所以竜兒也小心翼翼，不敢以太明目張膽的動作和大河說話，結果就是慘遭燙傷。

「唔！」大河故意把裝得很滿的味噌湯灑在竜兒手上，可是竜兒只是想問她演戲演得如何而已。

「……我已經看開了。以後千萬不要靠近手拿危險物品的大河。」

「這只是意外，原諒她吧。」

「大河也說了同樣的話……『唉呀，真巧！這是意外喲！太遺憾了！』……除此之外一句道歉也沒有。」

「或多或少也和昨天的事有關吧。」

就這麼算了吧——揚起嘴角的北村揮動雙手。那當然——竜兒也抬起眉毛回應。

上午是自由活動時間。

隨處可以聽見練習滑雪的同學開朗歡笑。有人摔倒，有人悠哉堆著雪人。能登和春田抱著滑雪板坐上纜車，前往符合自己等級的高度。

「不用跟著我，去滑你的吧。」

「我今天的計畫是教會高須V型減速。」

雖然北村這麼說，可是竜兒卻以「不用了。」加以拒絕。要顧慮竜兒，北村就無法盡情滑雪，再加上竜兒知道北村是熱血教頭，會拒絕也有幾分是希望逃離魔掌。

「反正我沒有天分。大河好像也是一個人在那邊拖雪橇，我去陪陪她。」

竜兒舉手和走向纜車的北村告別，一個人走下平緩傾斜的滑雪場。

大河是否只有一個人倒是其次，最主要是竜兒想一個人思考。腦袋直到現在依然一團混亂，實在不適合和朋友一起滑雪。

竜兒穿著靴子前進，腳陷進雪裡。今天的氣溫遠比昨天低，臉頰感覺快要裂開了。他打算前往山麓那棟木屋，緩步前進小心不要跌倒。

竜兒已經不在乎如何開口詢問実乃梨的真正心意，甚至連「真正心意」是什麼也無所謂。他的內心彷彿有個空洞，上面還有什麼東西不斷落下。最重要的部分消失已經夠痛了，哪有餘力去原諒什麼。

竜兒嘆了口氣、揉揉眼睛。昨天幾乎沒什麼睡。朋友睡著之後，竜兒腦裡不斷想著実乃梨的事、実乃梨和亞美吵架的事。他知道再怎麼想也沒有意義，也知道無論怎麼想，実乃梨的心意都不會改變。

只是他隱約感覺到在那場爭執之中，亞美似乎拚命想煽動実乃梨說出她決定不說，而且竜兒不知道的「某件事」。

話說回來，亞美也隱瞞「某件事」不說。

吐著白煙的竜兒竜兒開始思考：実乃梨、亞美、大河和北村都有「某件事」沒說。沒說的「某件事」通常都是「最想讓對方知道」的事。如果每個人都能夠互相坦誠、互相理解，就可以毫無欺瞞地讓齒輪順利轉動。

問題是說不出口，不能說。害怕承認其中存在不協調，害怕一切攤在陽光下時，這種不協調將造成關鍵性的分離。因為提心吊膽而擔心害怕，所以大家都把話藏在心裡不說出口。就算不說也會懂吧？對方也會明白吧？彼此都能理解吧？於是開始猜測他人的臉色。

可是仍然希望對方說出來，甚至有時彼此的相處也因為不說出來而難過，隱瞞不說還是對雙方帶來傷害。竜兒也有沒說出口的「某件事」，而且為數不少。除了実乃梨的事……竜兒雖然沒有說，但是「某件事」確實存在。

在環視零星散布在滑雪場上、身穿鮮豔滑雪裝的同學裡，竜兒看到了大河。她和実乃梨共乘一輛雪橇，兩人正在開心大笑。

沒有理由介入她們。於是竜兒轉過身——

「喔……妳在這裡做什麼？」

「腳有點痛，所以在這裡休息。」

——視線對上亞美。

她蹲在附近沒什麼人的柔軟雪中，一個人陰沉地堆著雪山。竜兒有些意外亞美竟然用普通聲音回應，先前的亞美都是一看到他，就以冷漠又壞心的態度說「討厭笨蛋」。

發生過昨天那件事，竜兒有些尷尬地走近亞美：

「……妳摔倒了？」

亞美身後的滑雪板和滑雪杖插在雪裡。

「對，而且我累了。忘了帶錢包，去木屋也不能買咖啡。」

「……所以妳就一個人在這裡做雪山……？」

「這才不是山，是雪屋。」

怎麼可能是雪屋——看到亞美用戴手套的手堆出一座脆弱的小山，就算是對雪完全外行的竜兒也知道不可能堆出雪屋。

「……不是用做雪山的方式，而是要像堆雪人一樣先推雪球吧？」

「這樣就好。」

亞美依然蹲在地上堆雪山。戴手套的手捧起雪、鋪在小山上拍一拍——這樣下去永遠也堆不出能夠容納亞美的雪屋。

竜兒望著亞美反射雪光的臉，不用說也知道亞美為了昨天和実乃梨吵架一事心煩，才會一個人在這種地方收集白雪壓平，無所事事地消磨時間，像是在翻攪複雜的心情。

「啊、喂！」

「我來幫妳吧。」

竜兒坐在她對面幫忙堆雪。他並非想要安慰亞美，也不打算過問昨天吵架的事，甚至沒忘記亞美討厭他這個笨蛋。

只不過竜兒也是一個人，就算加上亞美也做不出她想要的雪屋。他無法放下一個人在這種地方空虛收集白雪的亞美。反正自己如果真的礙到她，亞美也會直說。

「……喂，要把雪弄結實啊。」

「……」

「照做吧。既然要堆，那麼崩塌就浪費了。」

亞美停下動作，竜兒伸手拍打雪山讓雪不再往下掉。沒想到——

「喔！」

亞美的臉突然撞向雪山，就像喝醉的派對主角把頭撞向蛋糕。

「妳在搞什麼！很冷吧！難道是什麼美容祕方？」

過了幾秒鐘。

「我說……」

亞美總算抬起頭，睫毛和眉毛都沾著雪，臉頰和脖子因為太冷而通紅：

「我有件事必須向高須同學……懺悔。我……」

「喔、我知道我知道，我想也是，而且還不少。那麼先從叫我笨蛋這件事開始道歉吧？」

「不是那件事，不是……那個……」

她的下巴擺在快要崩塌的雪山上閉起雙眼，用鼻子吸口氣，然後一鼓作氣開口：

「実乃梨會拒絕你，也許是我的錯。」

竜兒什麼也沒說，只是一副「妳在說什麼？」的表情張開嘴巴看著亞美的臉。

「前陣子……在你不知道時，我曾經挖苦実乃梨……我也不曉得自己為什麼要說那些話，可是說出口的話不可能收回。我想実乃梨就是因為在意那些話，才會拒絕你。」

即使亞美這麼說，竜兒也無法即刻做出反應，因為他根本不明白這是什麼意思。

2－C
高須
2－C
川嶋

「呃……總之……告訴我妳對她說了什麼吧？」

「你生氣了嗎？哈，一般人都會生氣吧。」

「妳沒有告訴我內容，我也不知道該說什麼。」

「……不能說。」

又來了，又是「不能說」。

「而且我昨天和実乃梨吵架了。明明後悔上次說過那些話，可是只要一看到她的臉，我就一肚子火。生氣的原因有很多，不過最主要的原因還是——她從來不曾正面面對我。無論我們吵架吵得多凶，還是沒能問出実乃梨的真正心意。」

垂下長睫毛的亞美緩緩伸出雙手，一個手刀弄壞雪山。接著嘆了口氣……

「高須同學太笨了，所以我討厭你。」

「妳還說啊……」

「……但是我也討厭愚蠢的自己。」

亞美以無力的姿勢癱坐在自己破壞的雪堆裡，兩手撥弄、破壞、亂灑雪山殘骸，然後仰望散發銀灰色光芒的天空……

「喂，高須同學。」

雪開始變大，亞美的頭髮沾上片片碎冰。竜兒只是看著她，不知道該說什麼。

「聽說老虎最近在努力獨立，実乃梨也乾脆拒絕你……她們兩人都放開你的手，我該趁這個機會握住嗎？其實這麼一來就完全符合我的作戰計畫。因為我一直喜歡高須同學，想要和你交往……如果我這麼說，你會怎麼做？雖然是騙人的。」

還沒來得及理解——

「……咦咦咦咦！還來不及感覺驚訝就嚇到摔倒了！」

咚！竜兒拚命搓揉自己的臉，想要克制狂跳的心臟。手套上的雪讓凍到快掉下來的鼻子感覺更冷。

亞美沒有露出笑容，只是正面凝視竜兒：

「就跟你說是騙人的。相信我，根本沒有什麼作戰計畫……我也沒有想過『如果這樣就好了。』真的沒有……可是……唉，我介入太深也是事實。」

明明和我一點關係也沒有——雪落在說話的唇邊融化消失，好不容易出現的淡淡微笑也同樣快速消失。

「……被罪惡感束縛，連我也自作自受。因為做錯許多事，才會導致現在的結果。」

「現在的結果……你是指櫛枝拒絕我？妳沒必要感到有所責任。我不知道妳和櫛枝之間發生什麼事，但是我不允許有人把我被甩的原因推給別人。」

「……說得也是。」

亞美吸了一下鼻子，緩緩起身露出微笑，以美麗的亞美招牌笑容低頭看向竜兒：
「好，我們絕交吧。」
「……啥？」
亞美特地脫下手套夾在腋下，雙手的大拇指和食指勾在一起伸向竜兒：
「絕交，切斷我們的關係。」
亞美以有節奏的聲音說完之後，分開自己的雙手。
「……為什麼要和我絕交？」
「因為我討厭笨蛋……所以，啪嚓。」
討厭笨蛋？可是現場有兩個笨蛋，亞美沒說是要和哪個笨蛋絕交便轉過身去。
這算什麼？
我不是跟妳說過要把話說清楚嗎？
竜兒看著亞美的背影，不曉得該說什麼，只能手足無措僵在原地。
「蠢蛋吉咿咿咿咿咿咿咿讓開啊啊啊啊啊啊啊——————！」
「我們不是故意、不是故意、不是故意的呀啊啊啊啊啊！」
咦咦咦咦咦咦咦咦咦！大河和実乃梨乘坐的雪橇朝著亞美直衝過來。
她們拚命想要用腳剎車，卻因為加速過猛停不下來。在啞口無言的竜兒面前，摔下雪橇的大河猛力撞向雪地，失去平衡的実乃梨也跟著飛了出去。

無人的雪橇輾過亞美，一口氣滑到滑雪場入口附近。

「……明明叫妳讓開了……」

就連大河也不禁一臉緊張，把埋在雪裡的亞美挖出來，一邊道歉一邊拍去她身上的雪。

「妳……妳這傢伙！妳到底要摔幾次雪橇才甘願？笨蛋學人家坐什麼雪橇！一步一步在雪裡用走的就好，呆瓜！」

「所——以——跟妳道歉嘛。對了，我們去木屋那裡，我請妳吃冰淇淋？」

「才不要！冷死人了，蠢蛋！」

發飆的亞美狂踢大河屁股，不過有寬大的滑雪裝保護，亞美的攻擊似乎不太有用。

「亞美對不起！雪、雪橇停不下來……原諒我！對不起！」

実乃梨也跑過來向亞美道歉——

「說什麼『原諒我』……？」

亞美瞪著実乃梨大聲說道：

「妳是故意的吧！剛剛絕對是故意的！我感覺得到妳的殺意！」

「咦咦？不是不是，沒有那回事！只是真的停不下來！」

「絕對是故意的！其實妳還在為昨天的事生氣吧！話說到底，妳是因為看到我和高須同學說話，才衝過來阻擾對吧！我就知道一定是這樣！」

如此說道的亞美臉頰與雙眼變得通紅，太陽穴浮現漫畫一般的青筋，連鼻子也是一片紅，還對実乃梨丟擲雪球。

雪球正中実乃梨的臉，実乃梨一下子腳步不穩：

「啥啊啊啊啊啊啊啊！昨天的事？妳是說妳找我吵架的事嗎？我都已經不當一回事了，妳居然還翻舊帳！」

哇啊……大河與竜兒互換視線——你出面阻止一下！妳去啊！兩人用眼神加以溝通。可是他們都假裝不知道昨天的事，所以很難介入。

「說什麼已經不當一回事？明明打從一早就無視我的存在，妳還真敢說！」

「我只是因為沒什麼話題好聊！難道我沒說什麼有趣的話題就是無視妳？」

「看到妳裝模作樣的態度就火大，腦漿肌肉妹！」

「誰裝模作樣了！給妳面子，妳可別得意忘形！」

咚！実乃梨用手推了亞美的肩膀。

「嗯！可惡……！」

亞美想要推回去，手卻被実乃梨抓住，還被打了一巴掌。兩人繼續互瞪——在運動神經方面，亞美的確比不上実乃梨。

「不准打臉！」

「妳又不是靠臉吃飯的！」

兩人的聲音響徹雪山。亞美忍不住踩腳尖叫：

「我最討厭妳！一直都很討厭！看到妳就一肚子火！」

「啊——是喔！那又怎樣！被妳討厭我也不痛不癢！」

実乃梨的嘴巴也不饒人。兩人的氣勢愈發驚人——「超討厭超討厭超討厭！我最討厭妳這傢伙！」「我才不理妳！別再和我說話！」「正合我意！」「話說回來，妳幹嘛不回原本的學校？快點滾回去！」「關——妳屁事！窮鬼！妳就一輩子打工到死吧！」「妳說什麼？那妳就一輩子賣臉，拚命頂著濃妝和騙人面具，當妳的模特兒吧！」「妳說啥！」兩人的爭執已經一口氣進入不該說出口的內容，互推對方的力量也愈來愈大，搖搖晃晃的兩人還說：「要幹架嗎！」「到時候哭著求饒也沒用！」啊哇哇……就連大河也皺起眉頭奔向兩人：

「不能繼續坐視不管了，我要去幫小実！竜兒走吧，你負責蠢蛋吉！」

「喔……喂！不對吧，笨蛋！我們應該要阻止她們！」

「話說回來這個場面真恐怖，好像夢中出現的場景！」

「妳和大哥幹架才恐怖！鼻血流得到處都是！」

發生什麼事了？超鮮豔滑雪裝的同學注意到吵架聲之後，紛紛靠過來。竜兒和大河一起上前準備拉開兩人。

「啊——！」

就在此時，只有大河一個人看見夾在実乃梨瀏海上的髮夾，因為被亞美的手撥到而鬆脫飛出，落在一旁剛堆積的新雪上。亞美與実乃梨的爭吵愈發激烈，沒人注意到髮夾掉了。

大河連忙朝髮夾跑去。那個髮夾是很重要的東西，絕對不能弄丟。腳陷入柔軟雪裡的大河伸手向前——

「……！」

腳突然失去支撐的大河還來不及大叫，眼前的雪地就坍塌崩落。

麻耶、奈奈子和北村也跑向亞美等人。

「住手！妳們到底在做什麼！」

「都是這傢伙這傢伙這傢伙的錯！人家才沒有錯——！」

「那是妳先找碴的！」

兩人總算被拉開，單身（30）也在此時趕來。被北村架住的亞美仍然紅著雙眼，斷斷續續發出聲音；実乃梨也呼吸紊亂、咬牙切齒瞪著亞美。不曉得什麼時候聚集過來的同學，因為実乃梨和亞美難得一見的對決場面而圍住兩人竊竊私語。

竜兒也很驚訝。為什麼會變成這樣？

「總之妳先陪櫛枝回房冷靜——大河？」

奇怪？竜兒看過四周，不見本來在自己身邊的大河蹤影。

「……大河不見了？」

実乃梨聽到竜兒的聲音，轉過頭不再瞪視亞美，而是以驚訝的眼神仰望竜兒。

「剛才分明還在這裡和我一起阻止妳們吵架……」

「大河……？」

実乃梨望過四周，視線停在一點，竜兒也在同時發現一樣的線索。

那是往新雪走去的不自然腳印。実乃梨甩開竜兒壓住肩膀的手，上前追蹤腳印。竜兒也跟在她身後。

「這個……這個、這個該不會是……大河？」

「不……不會吧……？」

他們注意到雪地稍微隆起，繼續往前就是山崖，也發現原本突出的新雪崩塌。他們想要繼續靠近，卻因為襲來的強風呼吸困難。

不曉得底下有多深，只看到滿是杉木的陡坡留有某人掉下去的痕跡。

＊＊＊

——聽說C班的掌中老虎行蹤不明。

——那個C班的失蹤學生是掌中老虎？

二年級學生全體集合在團體客人專用的木屋大廳裡騷動不已。迷濛的窗子另一邊，正是天氣預報所說的暴風雪。屋裡只看得見暴風雪不停敲擊窗戶。

「高須，我剛才問過戀窪老師，聽說逢坂摔下去的斜坡是針葉林，再往下是冬季下雪時禁止通行的道路。滑雪場的工作人員已經從道路往斜坡搜尋，如果還是找不到，就只有交給警察了……高須！」

「……！」

竜兒被眼前的拍手聲嚇了一跳，終於抬起頭來。回過神才發現北村正在盯著自己。

「振作一點！別擔心，一定找得到！」

「啊啊……喔。」

這是竜兒竜兒勉強說得出口的話。他坐在模仿樹幹做成的堅固椅子上，腦袋麻痺的感覺彷彿身在夢中。他的視線落在右手泛紅的輕微燙傷，在喉嚨深處說聲：那個笨蛋。

那個笨蛋大河，終於因為自己的笨手笨腳引發致命危機。

她曾當著竜兒的面摔下樓梯、跌倒、撞到、吃東西亂掉、摔倒，這一切都是稀鬆平常，前陣子甚至差點被車撞。這隻右手也留有大河笨手笨腳的證明。即使如此卻不曾受過重傷，簡直是一連串堪稱奇蹟的幸運。然而這一天終於到來。

竜兒在腦中責備大河的笨拙，也自責自己分明就在大河身邊，卻沒注意到她的狀況。突然消失的身影，就和耶誕夜舞會時一樣。想著想著，竜兒更加希望兩次真的一樣。

上次大河安全待在家裡。發現大河不見的竜兒只要奔跑，就能抵達她的身邊。

可是現在——

竜兒甚至害怕看向窗外。這種天氣，如果真的找不到人會怎麼樣？竜兒連忙停止想像。不會的，絕對不會發生這種事。大河雖然笨拙，可是她有過人的運動神經，還有異常健壯的身體，一定可以度過難關。總會有辦法的，一定會。

竜兒雙手合十祈禱，以僵硬的動作閉上眼睛，甚至沒注意到對面的能登和春田正對他投以擔心的視線。

總會有辦法的……在如此希望的腦袋一角，仍然不斷想到「萬一」以及無謂的事。如果時間能夠倒轉、如果能夠回到剛才，我的視線絕對不會離開大河、絕對會抓住大河的手。

就算其他人驚訝我們好像父女、就算會妨礙大河獨立、妨礙戀情，無論如何我都不離開大河，不管他人如何質疑牽手的我們是什麼關係。會在意這種雜音的耳朵丟掉也罷，會胡思亂想的腦袋也沒有存在的必要。

我不可以放開那個笨蛋的手，就算讓她跟在後面會踩到我的腳也不放開。

早知道自己有這種想法、早知道大河會遇上這種災難，我絕不會放開她的手。

無論別人說得多麼難聽，也不應該離開她。

明知如此，這雙手、這雙腿到底為什麼現在還在這裡？

「好大的暴風雪……」

聽到背後的聲音，竜兒忍不住回頭。

実乃梨坐在竜兒後方的座位瞪向窗外。噘起嘴唇的她戴著帽子，套上手套，把滑雪裝的拉鍊拉到最上方。竜兒皺起眉頭，心中有股不好的預感……

「櫛枝……妳想做什麼？」

「風雪這麼大，必須快點找到才行。我出去找。」

說完話的她立刻起身，竜兒連忙制止：

「妳發什麼神經！等一下連妳也遇難怎麼辦！」

「我沒辦法在這裡繼續等待！沒事的，我馬上回來！我去看一下剛剛那裡馬上回來！」

她不等竜兒回答就甩開他的手往前走。「別去！」北村也注意到実乃梨的舉動，繞到実乃梨面前阻止。可是実乃梨聽不下去，揮開北村的手走下通往一樓的樓梯，並且往外面走去。竜兒多次抓住她的肩膀都被甩開，不由得為之發火：

「……可惡……那麼我也去！」

「我也一起去！能登！春田！幫我們跟老師說一聲！」

「什麼？不行啦！」聽到北村也要去，大吃一驚的能登等人連忙站起來。可是既然阻擋不了実乃梨，當然不能讓她一個人去。

「怎麼辦？」能登等人跑去通知老師。他們身後的亞美滿臉蒼白低著頭，一個人坐在位子上不發一語，只是面無表情坐在那裡。

在滑雪客也陸續回來的暴風雪中，竜兒和北村拚命追趕穿著靴子奔跑的実乃梨。風鏡邊緣一下子就積滿雪，腳下好幾次陷入柔軟的雪中。竜兒總算抓住実乃梨的手，北村也抓住另一隻手：

「別急，櫛枝！如果妳真的想找到逢坂，就冷靜下來看清楚四周！」

「……！」

聽見北村強有力的聲音，実乃梨總算回過頭。一臉擔心的她喘著氣重重點頭。

三人快要被迎面而來的暴風雪吹跑，於是他們握住彼此的手前進。実乃梨與亞美吵架的地點，就在距離木屋不遠的滑雪場緩坡附近。

「這邊有摔下去的痕跡！」

実乃梨靠近邊緣隆起的懸崖，手指著被新雪遮住的部分。

「危險！不可以太靠近！」

「可是大河就在這下面啊！大河——！回答我——！」

実乃梨探出上半身想要看清楚下面，竜兒拉住她的滑雪裝袖子，用力踏穩腳步，不讓她掉下去。眼前位於実乃梨雪鞋尖端的雪已經因為他們的重量崩落，竜兒知道自己的背直冒冷汗，臼齒也因為緊張無法咬合。

竜兒一邊支撐実乃梨，一邊看向樹木茂密的雪坡。完全看不見谷底——如果沒有這場暴風雪，起碼還看得到滑下去的痕跡。

「咦……！」

有個東西在發光。

發光的東西遠比他們尋找的地方要遠，就在被小丘擋住、難以看到的下方陰影。那個東西正在閃閃發光，彷彿白色夜空裡唯一發光的星星，閃耀微弱的橘色光芒。

微弱光芒快被從天而降的雪遮蔽，可是竜兒清楚看見那道光芒——

「大河……！」

大河是為了撿它才會摔下去，所以只要找到它，就能夠找到大河。

「什麼？你看到什麼？大河在下面嗎？你找到她了？」

「應該沒錯！我們快點去叫人……不對，再過不久就看不見了……可惡！櫛枝，妳去找老師或其他大人！北村，你待在這裡，如果我上不來，就拉我一把或找人幫忙！」

「不要，我……」

実乃梨原本打算說什麼，隨後又改變心意迅速點頭：

「……好，我去叫人！」

然後跑進暴風雪裡。竜兒以北村為記號，坐在斜坡上慢慢往下滑。

坡度太陡的斜坡無法用腳走下去，往下滑了幾步的竜兒抓住樹木，再滑幾步攀住樹幹，腳陷進雪裡就拔出來。他的目標是小髮夾發出的微弱光芒。

別消失！拜託不要消失！竜兒幾乎快要發出叫聲，拚命往下滑。再一下子就到了——喘著氣抓住雪，抹去風鏡上的冰。

他往下滑了大約二十公尺，從底下的道路應該看不見這裡。竜兒來到茂密的常綠樹枝下，撿起髮夾環顧四周：

「大……大河！」

就在髮夾旁邊，半個大河埋在柔軟的雪裡，整個人掉在大樹下的洞裡縮起身體。竜兒一邊注意不讓自己摔倒，一邊爬向那個樹洞，牢牢在雪上踏穩腳步，伸手拉起嬌小的大河。

「大河！大河！大河！」

將大河軟綿綿的身體拉到雪地，看見她的腦袋無力往後仰。竜兒撐著她的脖子緊緊抱住——溫暖的脖子還有脈搏，可是從那麼高的地方摔下來，應該撞到頭了。看到大河太陽穴的紅色液體，不禁為之呼吸困難。不會吧——他這輩子第一次打從心底發抖，寒意竄上背脊。

「好痛……」

大河發出微弱的聲音，竜兒看到她的睫毛抖動，同時皺起一張臉。還活著，她沒事。深呼吸的竜兒瞪向斜坡上方——已經沒空思考、沒時間悠哉了，於是他打算抱著四十公斤的大河爬上斜坡。可是只要一踏，坍塌的雪就會引發小雪崩滾落，根本站不穩腳步。看來只能抱著虛弱的大河，留在這裡等待救援。

面對充滿絕望的無力感，竜兒的喉嚨深處發出聲響。就在此時，大河的手臂突然用力抓住竜兒的身體：

「我摔下來了……好痛……」

用說夢話的聲音喃喃自語。她還能夠緊緊抓住我，看來情況應該還好。

竜兒再一次讓膝蓋陷入雪堆，以爬行的動作往前進，他抓住突出雪地的樹根、樹枝往上爬。竜兒想和大河說話，但是實在無法開口。因為他必須緊咬牙根，一面避免大河掉下去一面往前進。

「竜兒……」

大河的手碰到竜兒的臉，沒戴手套的手摸到風鏡外緣。她八成誤會那是眼鏡。

「啊……北村同學……？」

大河果然搞錯了。

不過這種事無所謂，現在也不是解釋「是我！」的時候。總之必須快點上去才行。

「我以為是竜兒……這個時候來救我……我以為一定是竜兒……對不起……對不起。」

耳裡聽到的聲音莫名開朗，可是仍像夢話一般含糊不清。這樣聽起來反而可怕。不太清醒的大河繼續用比平常模糊的偏高聲音在竜兒耳邊呢喃：

「北村同學，那個……一點都不靈……」

竜兒腳下一滑，喉嚨深處忍不住發出慘叫。如果大河剛才沒有牢牢抓好，兩人早就一起滾落山谷。

「……抱歉，那個，失戀大明神，似乎不靈……我祈求喜歡竜兒的心情，全部消失……

沒有實現……我，要變得堅強……全部沒用……」

竜兒用右手抓住差點滑落的大河。

用幾乎咬碎臼齒的氣勢全力抱緊她，抬頭往上看。

看到我們的北村不停大叫。就快到了。

「……可是，我還是，喜歡竜兒……明明希望他和小実順利……果然，好痛苦，好痛苦，真的好痛苦……不行了……」

「……」

「我真沒用……想要一個人努力……說要努力，只是說說……還是只能等人救我……好軟弱，好軟弱……太軟弱了……我不要……」

大河閉上眼睛淚流不止，手也失去力氣，全靠竜兒一隻手支撐她的體重。他的右手拚命用力抓住大河的身體往上拉，可是腳下一滑，失去平衡。

兩人一起墜落、一起摔下去——

「啊……！」

眼前伸出一隻結實的手，身穿顯眼螢光滑雪裝的大人不停走過來，轉眼之間已經拉起竜兒和大河。應該是滑雪場的人，或是警察吧。

「你要不要緊？有沒有受傷？」

「我沒事！可是大河！這裡流血……！」

無論是誰都好，竜兒拚命對著幫自己蓋上毯子的人大叫。螢光色的大人點頭表示明白，抱起大河跑開。

竜兒坐不起來，只能趴在雪地上抓著雪喘氣，就像被人用怪力打倒似地站不起來。

眼前一片白——那是暴風雪，可是他的腦中也刮著暴風雪。

他知道実乃梨跑向自己，還有北村也是，然後終於明白他們不說出口的「某件事」，更明白自己的愚蠢。

所有事情糾纏在一起的死結，終於被過度勉強的力量硬是扯開。因為力量過大，所以線快斷了。如果真的斷掉，竜兒也不知道會變成什麼樣。

「……北村，我有件事想拜託你。」

竜兒對著用肩膀支撐自己，一臉擔心的死黨提出請求。他的腹部死命用力，不讓北村聽見自己的聲音在顫抖。

「請告訴大家剛才救了大河的人是你，不要多問。如果大河問起，拜託你回答她一直昏迷、什麼都沒說。拜託你……求求你！」

支撐竜兒的北村靜靜說道：

「有件事逢坂拜託我保守祕密不要說——」

竜兒看不見北村在風鏡後的表情。

「——過年時我偶然遇到逢坂，她看起來很沒精神，還認真地膜拜我……失戀大明神。那件事和現在這件事有關聯嗎？」

竜兒沒有回答，也無法回答。他不曉得自己開口會發出什麼聲音。

「有關吧……原來如此……耶誕夜，然後過年……原來如此。」

沒有任何人不對，你也沒有錯——只是北村邊點頭邊說的話，已經消散在暴風雪裡。

＊＊＊

結果大河幾乎沒有受傷。神明果然配合大河的笨拙，特別為她打造強韌的身體。

太陽穴有些割傷，不過身體很健康——這是老師在晚餐時告訴大家的消息。鬧出這麼大的騷動，低潮的大河似乎丟臉到想死。

處處可以聽見同學鬆了口氣的聲音，某個愛湊熱鬧的傢伙還舉手發問：「那麼她明天就能和我們大家一起行動嗎？」

不過單身（30）的答案卻出乎意料：

「逢坂同學今晚暫時住院，明天母親就會來接她回家。要她繼續搭遊覽車太辛苦了。」

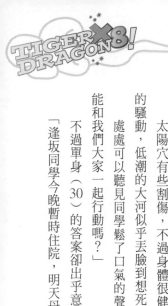

竜兒的筷子差點沒掉下來。

母親——是親生母親嗎？連大河遭到停學處分也不曾到校一趟，現在居然會跑到這麼偏僻的滑雪場接大河？而且大河明明沒受什麼傷？

「真是太好了，小高高！老虎平安無事～～！」

「……啊啊，喔……」

竜兒隨便笑了一個回應春田，不過他的視線突然停在竜兒胸前的口袋：

「咦？那個髮夾最後還是回到小高高手上了？」

在雪裡撿到時，順手放在胸前就忘了。笨蛋春田貼近竜兒耳朵小聲說道：

「話說回來～那個髮夾，原本是你準備送給『那個人』的耶誕禮物吧？你準備把它丟掉時，不是也丟了耶誕樹圖案的包裝紙？其實我有瞄到。現在終於知道為什麼……」

「嗯啊……」

竜兒的腦袋還困在暴風雪裡。

他動動肩膀肯定春田的話，完全沒注意周圍情況。因為他有太多的事需要思考。

所以他才忽略「那個人」就坐在不遠的地方，全身上下像是雷達一般，從周遭嘈雜聲中過濾竜兒的聲音注意傾聽。一聽到兩人的對話，她馬上就懂了。

她終於了解自己有意無意間的行為，造成多大的影響。

実乃梨無聲起身，趁著沒人注意時逃離吵鬧的餐廳，快步跑過冰冷的走廊，來到無人的休息室。

她倒在竜兒昨夜坐過的沙發上，把臉埋進抱起的膝蓋之間哭泣。她不曉得自己傷心的原因，只是現在的她非常討厭自己的手。那雙女孩子特有的小手，根本藏不住滿是淚水的臉。

実乃梨一個人用雙手遮住臉，縮起身子無聲哭泣。

暴風雪應該會在明天平息。

可是拍打窗戶的恐怖聲音依然嚇人，足以嚇壞小孩子的聲音吹個不停，窗戶玻璃也不停搖晃。

後記

裝著寬頻網路連線ＩＤ、密碼等重要資料的信封（袋上還寫著「請小心保存！」）終於掉了。我老是想著：「這麼重要的東西遲早會弄丟。」不過這十年經歷過兩次搬家，那個信封始終在我身邊，然而某天卻突然從應該在的地方消失。拚命找還是找不到，書桌抽屜、棉被櫃、書櫃、衣櫃、廚房、黎明的街上……櫻木町……當然不可能在那種地方……

怎、怎麼辦？每天都過著不知所措的日子。我是出生至今三十年、已經進化完成的竹宮。既然已經進化完成，代表我的身心都缺乏彈性，因此遇上這種突發意外也無法立刻反應。不妥協、反應遲鈍、身高也不會再長高。不會成長，不見的東西也找不回來……意思就是只能等著毀滅！

就是這樣，無論我失去多少東西，《TIGER×DRAGON!》仍然堂堂邁入第八集。謝謝一路相隨的各位讀者！這次也感謝大家的支持！不曉得各位是否喜歡這次的內容呢？

多虧大家的力量，讓這個系列日漸茁壯，還出版絕叫老師的漫畫版、動畫版、還有……啊啊！我好想全部告訴大家！可是還有很多不能說！很多事其實正在祕密進行中！不管怎麼

樣，我最希望過去一直支持這部作品的讀者們，能夠喜歡今後的發展，這點比什麼都重要！因此請各位接下來也繼續支持《TIGER×DRAGON!》！（註：漫畫版《TIGER×DRAGON!》已由台灣角川出版）

沒錯，後面有許多值得期待的故事內容，現在不是我毀滅的時候，也不是被毛蟲刺到的時候。話說我的右手突然起了一大片一顆一顆的東西，還在想這是因為蕁麻疹？壓力？還是什麼精神病……？也不是趕忙跑去皮膚科，醫生一看便立刻斷定：「啊，毛蟲皮膚炎！妳是今天第十一個！茶毒蛾！」的時候。更不是回家之後立刻上網搜尋茶毒蛾的幼蟲圖片，差點沒昏過去的時候（別昏倒比較好）。這不是患處癢到不行，知道愈搔只會愈把毛蟲毒針搔進皮膚深處的我昏倒的時候（不知道牠的模樣還比較好……）。

就是這樣，各位！真的十分感謝大家讀完本書，接下來預定推出《TIGER×DRAGON 9!》，也請多多指教！然後是ヤス老師＆責任編輯，感覺接下來仍是一番苦戰，也請兩位不要毀滅，讓我們一起加油吧！

竹宮ゆゆこ

承蒙ゆゆこ老師在各方面的照顧！真是辛苦了！
耶──！鱈魚子，耶──！
我是負責漫畫版《TIGER×DRAGON！》的絕叫！
《TIGER×DRAGON！》的角色都很可愛又有趣。
這裡是小說？真的會收在小說裡面嗎？
哈哈……騙人吧……？
對了，在這裡偷偷告訴大家，
前陣子和ゆゆこ老師碰面時聊到「鱈魚子之道」，
我不禁覺得：「啊，這個人是真的老師……」
《TIGER×DRAGON！》真的很有趣！老師加油！

TEXT&ILLUSTRATION 絕叫

Kadokawa Light Novels

Resin Cast Milk

虛軸少女 1~4 待續

作者：藤原祐　插畫：椋本夏夜

Kadokawa Fantastic Novels

失去硝子的城島晶＋失去雙腳的舞鶴蜜
聯手向共同的敵人展開反擊！

少年・城島晶的父母遭到「無限回廊（eternal idle）」流放異世界，從此以後便和他的虛軸（cast）・城島硝子共同生活，一面維持僅存的日常一面尋找雙親仇人的下落。身旁的朋友一一遭到波及，無法置身事外的殊子與蜜大肆活躍！令人驚訝的少女祕密大公開!?

各 **NT$180~200/HK$50~55**

台湾角川

國家圖書館出版品預行編目資料

TIGERxDRAGON! / 竹宮ゆゆこ作 ; 黃薇嬪譯. --
初版. -- 臺北市 : 臺灣國際角川, 2007. 09-
冊； 公分. -- (Kadokawa fantastic novels)

譯自 : とらドラ!
ISBN 978-986-174-473-5(第4冊 : 平裝). --
ISBN 978-986-174-645-6(第5冊 : 平裝). --
ISBN 978-986-174-875-7(第6冊 : 平裝). --
ISBN 978-986-174-966-2(第7冊 : 平裝). --
ISBN 978-986-237-051-3(第8冊 : 平裝)

861.57　　96015825

Kadokawa
Fantastic
Novels

TIGER×DRAGON 8！

（原著名：とらドラ8！）

2009年4月28日 初版第1刷發行
2022年1月25日 初版第4刷發行

作者：竹宮ゆゆこ
插畫：ヤス
日版設計：荻窪裕司
譯者：黃薇嬪

發行人：岩崎剛人
總編輯：蔡佩芬
主編：朱哲成
設計指導：陳晞叡
印務：李明修（主任）、張加恩（主任）、張凱棋

發行所：台灣角川股份有限公司
地址：104台北市中山區松江路223號3樓
電話：（02）2515-3000
傳真：（02）2515-0033
網址：www.kadokawa.com.tw
劃撥帳戶：台灣角川股份有限公司
劃撥帳號：19487412
法律顧問：有澤法律事務所
製版：尚騰印刷事業有限公司
ISBN：978-986-237-051-3